U0680906

塔克拉山的熊王

Ta ke La Shan De Xiong Wang

【加】欧内斯特·汤普森·西顿/著

济南出版社

图书在版编目(CIP)数据

塔克拉山的熊王/(加)西顿著;傅彩霞改编.
—济南:济南出版社,2015.8(2024.9 重印)
(每天读一点.世界动物文学名著.第2辑)
ISBN 978 – 7 – 5488 – 1738 – 3

Ⅰ.①塔⋯　Ⅱ.①西⋯　②傅⋯　Ⅲ.①儿童文学
—短篇小说—小说集—加拿大—现代　Ⅳ.①I711.84

中国版本图书馆 CIP 数据核字(2015)第 198414 号

责任编辑　张慧泉
装帧设计　周　倩

出版发行　济南出版社
地　　址　济南市二环南路 1 号(250002)
经　　销　新华书店
发行热线　0531 – 86131728　86116641
编辑热线　0531 – 86131741
印　　刷　肥城汇文印务有限公司
版　　次　2015 年 9 月第 1 版
印　　次　2024 年 9 月第 4 次印刷
规　　格　880mm×1230mm　1/32
印　　张　4.625
字　　数　68 千
定　　价　30.00 元

(济南版图书,如有印装错误,请与出版社联系调换　电话:0531 – 86131736)

【特别推荐】

尊重每一个生命，就是尊重我们自己

　　《塔克拉山的熊王》是加拿大作家西顿的动物文学经典之一，曾被《纽约时报》称为"感动整个世界的故事，不亚于任何一部描写人类社会与人类情感的世界名著"。拜读完毕，沉浸在野生动物世界里的心依旧波澜起伏，久久不能平静。我们深切感受着这些生灵的快乐和痛苦，自由和挣扎，幸福和悲伤……生命是宝贵的、神圣的，它的创造来源于神秘的宇宙。动物和我们人类是平等的，是朋友，它们的生命和我们一样宝贵。尊重每一个生命，就是尊重我们自己。

不同的动物有不同的生活习惯和精神世界。《塔克拉山的熊王》里的熊王杰克，聪明、伶俐、强大、可爱，他对生命的尊严和自由的追求，始终不渝。猎人南卡破坏自然平衡，粗暴自大，虽历尽千辛万苦，与熊王杰克斗智斗勇，终于施计捕获了他，将其送至都市动物园供人们玩赏，却意外发现，这只无法逃离结实兽栏、奄奄一息的熊王竟是曾与自己朝夕相伴的小伙伴。忏悔之心、悔恨之泪都无法弥补对熊王杰克造成的身心伤害。自由是生命的翅膀。勇敢的熊王杰克内心强大、武艺高强，他与人类巧妙周旋，努力挣扎、反抗，那份不卑不亢的态度、永不放弃的精神、始终保持自由独立的生存状态令人肃然起敬。

己所不欲，勿施于人。每一个生命都是奇迹。生命个体来到世界是件不容易的事情，需经过种种偶然、变化、挣扎、努力，逃过种种劫难，接受重重挑战，最后，才有机会降临，立足天地之间。敬畏生命、珍爱生命、呵护生命、善待动物是每个人义不容辞的责任和义务，更是高贵心灵的彰显。

《塔克拉山的熊王》还收录了《麻雀兰迪》这篇精彩故事，它也是西顿动物小说经久不衰的经典之作，向小读者展示了不同生灵的野外生活和内心世界。这些故事也源于真实事件，读者读后定会被动物世界所感动。

　　我们的命运与野生动物息息相关。在这个蓬勃发展的时代，大自然的生态平衡却遭到了严重破坏，我们的自然生存环境正在恶化，保持起码的道德底线、高尚的情操和对个体生命的尊重，更显得弥足珍贵。大自然是人类和地球上所有生物共同的家园，热爱动物、关心动物，与动物和谐相处、共同生存，创造一片广阔的天空和安详的环境，让动物自由自在地生活，是人类送给它们和自己的最好的礼物！

目　录

塔克拉山的熊王

得到熊王的行踪后，便快马加鞭地抵达了贝尔达秀牧场，并召集当地猎人开始追捕熊王。

麻雀兰迪

兰迪和比蒂是生活习惯截然不同的一对麻雀，一个喜欢用小树枝筑巢，一个喜爱用柔软的羽毛筑巢。为了安置新家，两只麻雀没少闹意见，最终还是在相互妥协中把家妥善安置了。

兰迪和比蒂时常会因意见分歧而争吵，我将玻璃球偷偷放置在了他们的鸟巢里，再次引发了他们的误解，他们把玻璃球和四枚珍贵的鸟蛋一起扔出了鸟巢。

兰迪和比蒂第三次新搬迁的巢在广场公园的榆树杈上。邻居是一只称王称霸的"领带"麻雀，他大摇大摆地来巢中侵占彩带，却被比蒂勇敢地打败了。

比蒂被马毛缠住头，窒息而亡。兰迪十分伤心，他傻傻地站立在道边时被自行车轧断了翅膀。一位好心的小姑娘为他疗伤。他会唱歌的事情被报道后又重新回到了理发师的家里，开始了新的生活。

塔克拉山的熊王

第一章　捕获两只熊

猎人南卡在塔克拉山里历尽艰险，冒着险些丧命的危险射杀死了一只熊妈妈，成功捕获了熊妈妈的两个小熊孩子。

内华达山脉是一座非常著名的山脉，在美国加利福尼亚州和内华达州的边境。塔克拉山是一座十分挺拔的山峰，位于内华达山脉西坡上。

著名的塔霍湖就在塔克拉山的山脚下，它是一个美丽的湖泊，碧水深邃，如绿色宝石一般，相当迷人。人站在山脚下，放眼望去，一望无际的动人色调和美丽风景令人心旷神怡，沉醉其中。松林更是广阔，铺天盖地的绿色像海洋般辽阔无边。

熊王的传奇故事就是在这里发生的。

奇怪的是，有个人对这个美丽如画的地方听而不闻，视而不见，他的名字就叫南卡。南卡是个神奇的猎人，他对自然界中的猎物有天生的敏锐感觉，绝对不会忽略任何一点细微的线索。那些微小的变化他认为蕴含着重大的意义。他甚至随时准备跟野兽决一胜负，拼个你死我活。此时此刻，南卡正骑在马上四处张望，搜索目标。显然，他所感兴趣的不是周围诗情画意的美景，而是寻找动物，捕猎野兽。如果让南卡悠闲地欣赏美景，他一定会认为是在浪费宝贵的时间。捕猎野兽才是他认为的生命里最有意义的事情。

南卡骑在马上，那双炯炯有神的眼睛很快发现了新的线索。在布满裂缝的花岗岩山峰上出现了一些模糊的脚印。这些巨大、细长的脚印似乎不对称，其中一边较宽。一般来说，这种脚印很难辨认，有时需要使用仪器。但对南卡来说，这简直是小菜一碟，根本不是问题。他仔细察看了一番，立刻得出了结论：这一定是熊的脚印！南卡继续仔细观察，又发现了许多更小的脚印，而且小脚印和大脚走向了同一个方向。南卡立刻清醒地认识到：这应该是一只母熊带着两只小熊在一起行走。他又仔细察看了一下，被踩过的草有的还没有站立起来呢，他更加坚定了自己的判断。

南卡迅速意识到：母熊和她的两个孩子现在可能就在不远处。他继续骑马前行，留意着地面，追踪熊的足迹。南卡的马似乎也闻到了熊特有的气味，变得更加小心谨慎，它缓慢而行。突然，马站住了，固执地不肯再往前走。南卡立刻明白了，这些熊肯定就在附近！

南卡来到一个小山坡上，下了马，并将缰绳放在地上，意思是告知马：站在这里，别动！随后，南卡拿着枪爬到高处，小心翼翼地前进。到了山顶，南卡更加谨慎了，因为倘若惊动了熊，那将是件十分恐怖的事情。不知不觉，时间又过去了一会儿，南卡终于发现了目标。他首先看到的是两只小熊，小熊的对面躺着他们的妈妈——一只雌性的大灰熊。

虽然从五十米以外瞄准一只熊并不是一件容易的事，但是，捕猎技术娴熟的南卡依旧举起枪，对准母熊的肩膀扣动了扳机。子弹只让母熊受了伤，受了惊吓的母熊立刻愤怒地跳了起来，向南卡飞奔而来。见势不妙的他转身就跑。

情况十分危急！南卡与母熊距离五十米，与马距离十五米，他必须骑上马才有可能顺利逃走。

南卡迅速地奔跑至马的身边，当他跨上马背的那一刻，母熊已冲到了跟前。南卡与他的马非常危险，狼狈不堪。母熊和马并排跑出一百多米，在奔跑的过程中，母熊有好几次差点儿咬住南卡和马，但他们都迅速躲开了。南卡快马加鞭，逐渐把母熊甩在了身后。母灰熊有些体力不支，不能持续快速奔跑了，最终，放弃了继续追赶的念头。

南卡幸运地捡回了一条命。大难不死的他并不甘心，狠狠地想：哼，大母熊，总有一天，我要报复！我们会有相逢的那一天！

时间如飞，一周后，南卡正在深深的山谷边上行走，忽然，看到谷底有一团黑乎乎的东西在动。他仔细一瞧，天哪！竟然又是那只母灰熊和她的两只小熊！

机会终于到来了！南卡立刻端起了手中的猎枪。

　　母熊完全不知道死神马上就要降临，她来到清澈的水边，缓缓地停下脚步，准备喝点水。这时，南卡扣动了扳机，一声枪响后，母熊迅速转过身子，用前腿拍打着两只小熊，把他们赶到了树上。就在此时，南卡又射出了第二发子弹。中弹的母熊立刻从山坡上滚了下来，发出了沉重的呼吸声。此后，她跳起来爬上斜坡，冲向了站在山坡上的南卡。没想到，此时的南卡又射过来一发子弹，这次正击中了母熊的头颅。可怜的母熊挣扎着笨重的身体从山上滚了下去，悲壮而死。

　　南卡来到谷底，不放心地又在母熊的身上补了一枪，然后，他重新装上子弹，返回到小熊的藏身处，敏捷地爬上了树。两只小熊看见南卡越来越近，便顺着树往更高处爬去。两只小熊都发出了"呜呜"的叫声，一只伤心地抽着鼻子，另一只则愤怒地吼叫着。但他们的抗议毫无用处，南卡把无路可走的两只小熊捆绑起来，拽到了树下。

刚落到地面，身上带绳索的一只小熊便猛地向南卡扑去。虽然他的身体和猫一般大，力气却大得惊人。南卡立刻用一根棒子击退了他，才未被这个小家伙弄伤。随后，南卡把两只小熊装进大布袋里，放到马背上，自己也骑上马往家里走去。

灵犀一点

　　每个动物都有宝贵的生命，南卡无情地射死了熊妈妈，两只亲眼看见妈妈之死的小熊心中一定会埋藏下仇恨的种子。人类的生存不能没有动物，人与动物应该和谐、友好地相处。保护动物是我们应尽的责任和义务。

第二章　聪明的杰克

　　小熊杰克聪明机灵，不但会巧妙地偷吃蜂巢里的蜂蜜，还会避开老罗设计的马蜂窝陷阱。

　　回到居住的小屋，南卡从布袋里把两只小熊放了出来，分别给他们戴上项圈，用链子拴在了树桩上。起初，两只小熊还不太习惯这种被束缚的生活，不吃不喝。有几次，还被铁链子缠住了脖子。也许是实在太饥饿了，后来，他们便喝了几口牛奶。

　　不吃不喝不但解决不了问题，还会有生命危险，一周后，两只小熊放弃了以绝食为形式的抗议。他们知道，抗议是徒劳的，接受自己的命运，向南卡妥协，是唯一的生存之道。因此，每当感到口渴或者肚子饿的时候，他们就会发出低沉的"嗷……嗷……"的叫声，南卡就会把食物

送到他们面前。

　　为了便于辨别，猎人南卡分别给两只小熊起了名字，雄熊叫杰克，雌熊叫珍妮。珍妮的脾气很暴躁，性子也刚烈。杰克呢，却很乖巧，并且总能做出各种好玩滑稽的动作，逗得人们开怀大笑。

　　一个月后，杰克已经习惯了这里按部就班的生活。南卡尝试着解开杰克的锁链。没想到，杰克并没有逃跑，反而像忠实的小狗一样跟随在南卡的前后左右。他总能做出一些有趣的动作，南卡和他的朋友们都很喜欢这只小熊。

　　南卡居住的房屋旁边有一条小河，小河边生长着一片草原。南卡常常去那片草原割草，小熊杰克也喜欢跟着他一起去。当南卡挥动镰刀割草的时候，他就在旁边玩耍，有时候，还会坐在南卡的外套上，为他看守衣服。

杰克非常喜欢吃蜂蜜。每当发现蜂窝的时候，南卡就会大声叫喊道："杰克，快过来啊，这里有蜂蜜！"杰克立刻会像圆球一样跑到南卡的身边，高兴地抽动一下鼻子，小心地靠近蜂巢。他清楚地知道，蜜蜂有蜇人的针，因此，在挖出地下的蜂巢前，他会先用前脚打落蜜蜂，用力将它们踩死，再轻轻地扒开土来挖蜂巢。挖出一部分后，杰克就会把巢里的蜜蜂全赶出去弄死，等所有的蜜蜂都被他干掉后，他才将蜂巢全部挖出来。吃的时候也会先后有序：他先舔光蜂蜜，再吃掉幼虫和蜂蜡，最后，把那些死掉的蜜蜂一只只放到嘴里。每次，杰克都吃得津津有味，开心极了！

南卡有一个朋友叫老罗，住在距离南卡的小屋两公里远的地方。老罗家里还养着一只狗。老罗曾经亲眼看到过杰克采蜜的情形。

有一天，老罗来到南卡家，说："南卡，把杰克带出来，我们也逗他玩一玩，可以吗？"南卡找不到拒绝的理由，便爽快地同意了。他叫上杰克，跟着老罗来到了河边。

在一棵粗壮的大树前，老罗指着大树对杰克说："看，树上有蜂蜜呢！这是你最喜欢的，赶快去吃吧！"

杰克歪着脑袋向树上望去，在树枝周围，"蜜蜂""嗡嗡嗡"地飞来飞去。杰克从未见到过这种悬挂在树上的蜂窝，他感到十分好奇。其实，那是一个马蜂窝，悬在空中，就像一个气球。

杰克虽然有点儿犹豫迟疑，但还是开始爬树了。他的一举一动都在南卡和老罗的关注之中。尽管杰克笨拙可爱的样子很好玩，但是，南卡觉得让自己心爱的小熊去冒险，不禁有些担心了。老罗却大大咧咧，毫不在乎，大声喊叫道："太好玩了！太有趣啦！"

杰克顺着树干轻轻地靠近蜂巢所在的粗大枝干。他向下一看，只见下面的河水在慢慢流淌。他抽动着鼻子，小心翼翼地向前行走，悄悄接近了蜂巢。马蜂们见到杰克侵入了它们的地盘，开始愤怒地"嗡嗡"乱叫，四处飞舞。

小熊杰克有些担心，不由得向后退了几步。

南卡和老罗看到这种有趣的情形哈哈大笑起来。老罗依旧用若无其事的语气诱导杰克："快去呀，杰克！那里不是有很多蜂蜜嘛！快去呀！"杰克仍然站在粗大的枝干上，一动不动，仿佛黏在了树上，直到上下翻飞的马蜂"嗡嗡"地全部进入了巢穴，他才仰起抽动的小鼻子开始采取行动。他小心地接近树枝的顶端，一小步，再一小步，又一小步，终于爬到了蜂巢的上方。他伸出毛茸茸的前爪，一下子压住了蜂巢的出口。

出口堵住，马蜂便飞不出去了。杰克用两只前爪抱住蜂巢，一下子跳入了河里。在河水里，杰克用后腿把蜂巢抓了个粉碎，然后游到了岸上。被弄坏的蜂巢顺着河水慢慢漂走了。杰克在河岸上跑着，追逐蜂巢。蜂巢顺着河水继续漂流，一会儿，便在一个浅滩处搁浅了。杰克又一次跳进水里，兴致勃勃地把猎物搬上了河岸。

杰克发现巢里并没有蜂蜜，有些失望。但看到里面有很多肥嫩的幼蜂，便高兴地大吃起来，一直吃到肚子胀得像圆圆的皮球一样。

老罗原本以为能够看到杰克在树枝上被马蜂蜇的狼狈相，然而，杰克非常聪明，轻易而巧妙地就把美食弄到了手。小熊杰克没有被老罗抛出的难题难倒，南卡感到十分高兴，用快乐的语调调侃老罗："怎么样，老伙计，我的杰克够聪明吧？这次，可是你没有斗过他呀！"

老罗挠挠头，尴尬地笑着说："呵呵……我倒让你看笑话了！真不好意思。"

灵犀一点

　　小熊杰克聪明机智，能够随机应变。我们应该向他学习，学会巧妙地避开危险和别人的圈套，确保自身的安全。

第三章 老罗的坏狗

杰克慢慢长大了，南卡担心他被猎人误认为是野生熊，遭遇捕杀，便给杰克打了两个耳洞，并带上了醒目的大耳环。杰克经常被老罗家的狗欺负，但是，他总能用自己的智慧制服那只讨厌的坏狗，让它灰溜溜地逃之夭夭。

时光荏苒，杰克慢慢长大了，他渐渐成长为一只很健壮的熊。他时常跟随南卡去很远的地方。南卡总担心杰克会被猎人错认为是野生熊，遭遇捕杀。一个放羊的朋友建议说："这很容易，只要你给他戴只耳环就可以了。"

南卡采纳了此项建议，不管杰克是否愿意，在杰克的耳朵上打了两个洞，并带上了两个很醒目的大耳环。

杰克非常讨厌这两个大耳环，想弄掉它，但是，苦苦挣扎了好几次都没有如愿以偿。终于有一天，左边的耳环被树枝钩住了，杰克趁机使劲一拉，把耳环扯了下来，留下了一道不短的伤口。这样，杰克的耳朵上就只剩下了一只耳环。南卡不忍心看他狼狈的模样，便把他右边的耳环也拿了下来。

杰克最讨厌去老罗家了。老罗家里养着羊和狗，每次杰克跟着南卡去拜访老罗，他家的羊和狗都会欺负他。老罗的狗会趁杰克不注意，瞅准他的脚后跟就是一口，然后立刻转身逃掉。杰克不如狗跑得快，因此，只要狗一靠近，他就立即逃到树上去。老罗家的狗傻傻地看着树上高高的杰克，一点办法也没有。杰克讨厌死了那只杂种狗，每当南卡领着他去老罗家的时候，他都会偷偷地溜回去。可就算这样，他还是躲不掉那只讨厌的狗——因为有时候老罗也会领着它来到南卡家。

这一天，老罗又领着它的狗来到了南卡家。两个男人坐在南卡的小屋前谈天说地。这时，老罗的狗又把杰克赶到了树上，然后便趴在树下打起了瞌睡。

起初，杰克在树上一动也不敢动，等狗睡着了，灵机一动，计上心来。杰克悄悄地把身体移到了狗的正上方。那只狗正躺在树底下美美地睡着大觉。看吧，它不住地蹬着腿，嘴里还不停地发出"呜呜"的声音，似乎正在梦里追逐欺负杰克呢！小熊杰克站在树枝上，观察着下面老罗的狗，等瞄准后，突然从树枝上"噌"地跳下来，身体正好砸在了狗的身上。狗的骨头差点儿就被压断了，体内所有的空气都被挤了出来，连"汪汪"的叫声都发不出来了。它喘了好长时间，还是晕头转向的，最后，只好一声不吭地夹着尾巴逃掉了。

从此，老罗的狗再也不敢来南卡的小屋了，更不敢欺负杰克了！

灵犀一点

与人为善是我们的待人原则。谁违反了这个原则，便会受到应有的惩罚。礼之用，和为贵。对人对物，以礼相待，关系才能更融洽、更和谐。

第四章　后悔的交易

南卡外出的时候，杰克和珍妮对仓库进行了破坏性的袭击。南卡对喜爱的杰克既往不咎，却对不喜欢的珍妮给予了严惩。前来投宿的男人以五十美元的价格买走了两只小熊，交易完毕，南卡就后悔了。

珍妮很不幸，一直被锁着铁链，关在笼子里。相对于杰克的受宠与自由，她似乎没有任何欢乐可言。不同的待遇也造成了小熊兄妹俩个性的鲜明差异：杰克越来越聪颖活泼，珍妮却越来越阴郁沉默了。

有一天，南卡外出打猎了。珍妮终于想办法挣脱了锁链和铁笼，和杰克一起来到了南卡的仓库，干起了坏事：对珍贵的食物进行了破坏性袭击。他们把食物里最好吃的挑出来，统统吃掉，吃得肚儿圆圆后又把盛面粉和奶油的口袋统统倒腾出来，把里面的东西全都倒在地板上，在满是面粉和奶油的地板上来回打滚逗乐。他们根本不知道，为了弄回那些食物南卡可谓费尽心血，甚至行走了八十多公里的崎岖山路。

杰克把最后一袋面粉的口袋弄坏，珍妮正要把炸金矿的炸药箱子撬开，正在这时，门口突然变得暗淡了。两只小熊向门口处一看，立刻惊呆了！原来主人南卡正站在那里。他看到了眼前乱七八糟的情景，气得吹胡子瞪眼！

两只小熊也意识到自己闯下大祸了。珍妮立刻皱起眉头，偷偷地退到了仓库角落，睁大眼睛，准备自卫。可杰克呢，却调皮地歪着头，抽动着鼻子，发出高兴的叫声，从容地飞奔到南卡的怀抱，还伸出两只黏糊糊的前腿，撒娇地要主人抱抱。那可爱的模样好像邀功一样，完全忘记了自己的恶劣罪行。

南卡本想大发雷霆，可看到杰克朝自己跑过来时的可爱样子，怒气立刻消减了一半。他冲着杰克吼叫道："你这个小坏蛋，干了这么多坏事，看我不收拾你！"南卡虽嘴上发狠，但他还是像平常一样，抱起了这只脏兮兮、黏糊糊的小熊，跟他亲热起来。

按常理，坏事是杰克和珍妮一起干的，应该共同承担后果。既然杰克逃过了南卡的惩罚，珍妮也应该如此。事实恰好相反，珍妮不但受到了严厉的惩罚，而且还被主人南卡用铁链拴了起来，再次失去了宝贵的自由。

南卡的心情非常糟糕：一方面，仓房被两只小熊破坏得乱七八糟；另一方面，他在回家的路上不小心摔了一跤，把枪也跌坏了。

那天晚上来了一个陌生男人。他牵着两匹拉满了货物的马向南卡请求借住一宿。南卡爽快地答应了。陌生人住宿后，小熊杰克出来了，见到陌生人，他异常兴奋，蹦蹦跳跳地闹腾，还学狗的动作，模仿得惟妙惟肖，逗得南卡和陌生人开怀大笑。

第二天早晨，陌生男人临走时对南卡说："我想买下你这两只小熊，共二十五美元。如何？"

南卡略微考虑了一下，再看看目前的状况：食物已经被糟蹋了，枪也损坏了，而且自己现在身无分文，只能忍痛割爱了，便说："每只二十五美元，两只共五十美元。只要你肯出这个价格，我就卖给你。"

陌生男人很爽快地说："好，一言为定！"说完，从上衣口袋里掏出五十美元交给了南卡。

陌生男人收拾行李，准备将两只小熊带走。他在马背两边各放了一个筐，每只筐里放一只小熊。珍妮仍是举止粗暴，一声不吭。杰克伤心极了，"呜呜"地哭个不停。听到

这声音，南卡心头一震，差点儿就反悔了。不过想到自己现在很需要钱，就故意装出若无其事的样子，自言自语地说："唉，卖掉也好，否则，仓房里的粮食又要遭殃了！"

陌生男人越走越远，模糊的身影消失在森林深处。把两只小熊卖了以后，南卡觉得异常寂寞。他不断地自我安慰："唉，他们总算走了，这下，我也可以清静一下了！"他收拾好屋子里乱糟糟的东西，又来到仓库整理好所有物品。休闲下来的他只要一看到杰克睡觉时用的箱子就觉得空落落的，一点精神头都打不起来。他又看到杰克想要进小屋时抓挠过的门，如今，抓挠的痕迹还在，可是小熊杰克不在了。

几个小时过去了，南卡像掉了魂儿似的，不知道自己应该做什么。一会儿摸摸这儿，一会儿看看那儿，最后，他实在受不了了，抓起钱包，跳上马，立刻去追赶那个买熊的男人了。

两个小时后，他在河边追上了那个买熊的男人。

南卡气喘吁吁地喊道："喂，伙计，请等一下！刚才的买卖我不想做了，请您把熊还给我吧，我会把您的钱全额退给您的。"

面无表情的男人冷漠地看着南卡，调侃道："是吗，你反悔了？但是，我对刚才的交易很满意啊！"

"可是，我现在很后悔，我退还你的钱吧！"南卡说着就把五十美元递给了男人，径自向小熊走过去。杰克听到了主人的声音，仿佛来了救世主一样兴奋地叫了起来。

"举起手来！"男人的声音里充满了冷酷与愤怒。

南卡回头一看，男人手中端着闪着寒光的枪。

气氛一下子紧张起来。南卡说："喂，朋友，咱们商量一下好吗？这只小熊是我唯一的伙伴，我们在一起已经很长时间了。如果你把他带走，我会难以忍受的。如果你真喜欢熊，那么我也不要你的钱，送给你一只，如何？但是，我的前提条件是，请务必把小熊杰克留下。"

此事根本没有商量的余地，那个男人用很恐怖的声音说道："不用废话！如果给我五百美元我就把他还给你，否则，乖乖地向前走，到那边的大树底下去。举起手，不准回头，走!"

他的话冷酷残忍，听上去像真的会杀人似的。南卡只好举起手，眼睁睁地看着那个陌生人把他心爱的小熊带走了。

灵犀一点

与人承诺和交易应慎之又慎，不能像南卡所为，出尔反尔，否则，就会引来不必要的麻烦。

第五章　成长的烦恼

两只小熊被陌生男人转手赠送给了牧场主。珍妮在弄伤牧场主后，被无情地杀害了。杰克一直被锁着铁链，失去了自由，过着烦恼的生活，偶尔，他也用自己独特的本领逗乐喝啤酒的人们。

大概喜新厌旧是人类共同的特点。有时，人的思维也真是捉摸不定。当一个人喜欢一件东西时，总会想方设法地将其弄到手，而真正到手之后，却又不懂得珍惜，甚至置之不理。比如那个买小熊的男人，当初为了买到杰克和珍妮，虽然花了大价钱，却觉得相当值得，可一旦将他们弄到手，占为己有之后，他便觉得无趣了，甚至开始讨厌起这两只调皮的小熊来。不久，他竟想出一半甚至四分之一的价格卖掉他们，遗憾的是，无人想要买这两只小熊。

最后，他干脆把这两只小熊赠送给了比尔克罗斯牧场主。牧场主当然没有白白接受他的馈赠，送给他一匹马作为回赠。

两只小熊几经转手，就来到了牧场主的家里。实际上，他们在陌生男人那里只生活了短短两周时间。

牧场主回到牧场，把两只小熊从筐里拿出来。此时的杰克老老实实，随便怎么摆弄都一动不动。暴躁的珍妮就不一样了，在新主人往她的脖子上套绳圈的时候，她一下子就抓住了牧场主，把牧场主的手腕掰成了重伤。牧场主不得不将纱布挂在脖子上，吊着受伤的胳膊走来走去。愤怒的牧场主看到珍妮就来气。有一天，顽皮的珍妮又惹怒了牧场主，被气急败坏的牧场主无情地枪杀了。

杰克也失去了自由，被套上铁链子，拴在了院子里的木桩上。他的活动范围被严格限制，每天能做的事情就只是绕着木桩，在铁链子长的半径内孤单地活动，来回溜达，生活无任何乐趣可言，他感到无聊极了！

一星期，两星期。一个月，两个月。时光荏苒，岁月流逝，转眼间，杰克已经在这个牧场待了十八个月。这段时间，杰克的日子单调重复，没有任何自由和乐趣。以前，活泼可爱的杰克总喜欢做些有趣的动作逗人们开心，来到牧场后，他似乎已经忘记了这回事儿。

杰克的活动范围非常有限，只有直径不到七米的距离。虽然他可以看到附近的山岗、远处的松林，还有近在咫尺的牧场小屋，但是，对于他来说，这些美好的东西都是可望而不可即的，似乎与他已毫无关系。

杰克身体的唯一变化就是体形在不断变大，他睡觉的地方也是不断更换，睡过的桶一次比一次大。最初是装奶油的木桶，后来是装钉子的大桶，然后是装面粉的木桶，再后来是油桶。如今，他住在一个巨大的啤酒桶里，就像住在一个大洞穴里。杰克忘掉了以前所有扮可爱的把戏。现在，他唯一会做的一个滑稽动作就是打开瓶盖喝啤酒给人们看。

牧场主还经营着一家旅馆，里面经常出现一些品质恶劣的男人。有时候，醉汉们为了找乐儿，想看看杰克开酒的动作，会把一整瓶的啤酒拿来给他喝。杰克毫不客气，接过酒瓶，一屁股坐在地上，用两只前腿举起瓶子，"砰"地拔出木塞子，"咕嘟咕嘟"一口气把瓶中的酒喝完。

"有意思，太有意思了！"喝酒的男人们看着喝酒的杰克不禁大喊大笑起来，他们又想出了一个更有趣的项目：让狗和杰克打仗，比试一下，看谁能获胜。受到怂恿的狗便不知好歹地吼叫着猛扑过去，杰克一点都不害怕，一下子就跳了过去，动作非常迅猛，准备迎接挑战。但是，杰克立即被他用力拉直的铁链猛地拖住了。这时候，其他的狗就抓住机会，从后面猛扑上来欺负杰克，他因此吃了不少亏。

几个回合下来，杰克便学聪明了，他改变了与狗的作战策略。当狗挑衅的时候，杰克便靠在大桶前，慢慢地坐下来，静静地看着"汪汪"大叫的狗群，表现出一副毫无兴趣的样子。当毫不知情的狗靠近他的时候，杰克便突然跳起来，以迅雷不及掩耳的速度扑向狗群，把它们打得四处逃散。

狗群聚集在一起向杰克发起攻击，却被杰克打得落花流水，仓皇逃跑，且又相互拥挤碰撞，落在后面的狗想逃都来不及了。杰克趁混乱之际顺手抓起没逃掉的狗，痛快地施展武力。这样一来，不断有狗被击伤或杀死。渐渐地，男人们便不敢带他们的狗来和杰克打架了。

杰克还曾让两个男人倒了大霉。一个被他打成了重伤，另外一个喝了酒，叫嚣着要与杰克一决雌雄，结果差

点被杰克致残。现在的杰克已经被大家刮目相看了！大家普遍认为，他是一只性格暴躁的恐怖之熊！

有一件发生在杰克身上的事情更让大家倍感意外。那天晚上，一个名叫费科的牧羊人在酒吧里喝了很多酒，惹得同伴们很不高兴，他们都想让费科快点儿离开。费科跟跟跄跄地从酒吧里逃了出来，来到了院子里。他的同伴们也摇摇晃晃地出来了，可是却发现费科不见了。他们认为费科可能掉到后面的河里了，便纷纷返回了酒吧，继续喝酒吹牛。

第二天清晨，旅馆的厨师刚来上班，就听到院子里传来了说话声："喂，往那边靠靠，挤死我啦！"厨师感到很奇怪，顺着声音走过去，突然发现声音竟是从杰克的大木桶里发出来的，大桶边上还有一只人的胳膊，厨师吓了一跳，原来费科跟熊在一起睡了一宿啊！他赶紧把这事告诉了大家。大家想把费科叫起来，没想到杰克不让，瞪着大眼睛看着大家，嘴里还发出了"呜呜"的叫声，仿佛是在与周围的人争抢这个跟他睡在一起的醉汉。

吵闹声越来越大，费科从梦中惊醒，睁眼一看，被眼前这个庞然大物吓坏了，浑身发抖，缩成一团。费科慢慢地站了起来，跨过熊的身体，小心地爬出木桶，吓得头也不敢回，拔腿就跑，一溜烟就不见了。

灵犀一点

在没有自由的黑暗日子里，杰克没有荒废美好的时光，他不断地养精蓄锐，增长本领。人生总有得意与失意时，得意时不骄傲，不忘形，失意时不沮丧，不气馁，才能走向卓越之路。

第六章　独立纪念日

　　自私的牧场主为了从杰克身上赚到钱，不惜在美国独立日这天让强壮的公牛和杰克对决。杰克却巧妙地逃离比赛现场，成功奔向山林，获得了宝贵的自由，重新开始了崭新的生活。

　　牧场主曾无数次地算计、盘算：不能总是白白地养着杰克，得想办法从他的身上赚些钱。一年一度的美国独立日就要到来，牧场主终于抓住机遇，想出了一个赚钱的妙计。一天，他隆重地宣布："为了庆祝美国独立，在七月四日纪念日这天，我们要举行一场巅峰对决，世界上最强壮的牛对世界上最凶猛的熊！"

　　消息一经发布，一传十，十传百，几乎人人都知道了。那一天，大家从加利福尼亚州各个地方汇聚而来。牧场主的那个牧场，任何能够成为观众席的地方都需要收费。牧场主还准备了很多铺有干草的货车，那里的视线最好，坐在那里的客人每人要收取一美元观光费。马厩的屋顶、仓房顶也都安排了座位，坐在那里的人每人收五美分。原先的栅栏和不够牢固的木桩也都粉刷一新，看上去还真有正式的竞技场的样子。

比赛时间来临，人们挑选了一头最强壮的公牛，使劲地挑逗它，惹得它怒气冲天。牧场主心想：杰克绝对打不过公牛，就算不被弄死也一定会受重伤的。他担心杰克会经不起公牛的攻击逃跑了，就给杰克套上套锁，捆住他的四条腿。牧场主把杰克塞进了大桶里并盖上盖子，还在外面钉上了钉子。

装着杰克的大木桶被大家推到了竞技场里。

前来参观的人非常多。有打扮得像孔雀一样的加利福尼亚牧人，有农夫和一些牧场主，还有淘金的工人，也暂时放下了手头的工作，放羊的墨西哥人和城里的商人也纷至沓来。人们兴高采烈地在互相打赌，猜测着公牛与灰熊谁是最后的赢家，有人还下了很大的赌注。

戴牛仔帽的那个人把宝押在了公牛一方，他认为：没有什么动物能敌得过强壮的公牛，而放养的公牛则更是力大无穷。曾经遇到过灰熊的山里人则对他的观点不敢恭维，甚至不屑一顾，自信地说："一看你就不懂，公牛怎么打得过灰熊呢！我亲眼见过灰熊斗马匹，把马打到遥远的河对岸去了。公牛根本不会赢的！"

大家纷纷拿钱下赌注。

一切准备就绪，牧场主大喊一声："现在，比赛正式开始！"一个名叫彼得的牛仔在公牛的尾巴上拴了一捆荆棘，这样，公牛一摇尾巴，便被荆棘刺得难受。这促使它越来越愤怒，简直是怒不可遏。

此时，人们开始滚动那个大木桶，让蜷缩在里面的杰克也开始发怒。接着，在栅栏旁边，牧场主叫人把桶盖撬开。虽然非常生气，但大桶盖子打开后，杰克还是不想出来。他觉得外面聚集了许多吵吵嚷嚷的人，好像有点不对

劲，他不知所措，干脆待在木桶里，先按兵不动，观望等待。

看到这种情景，押公牛赢的人们便爆发出一阵阵嘲笑声，他们以为杰克肯定因为害怕不敢出来了。公牛听到人们的喊声和口哨声更加生气了，径直跑到了大桶的旁边。它靠近木桶一看，发现里面竟然有一只大灰熊，于是"哞"的一声，突然转过身向广场对面跑了过去。这时，押杰克赢的人们又开始嘲笑起公牛。杰克依旧躲在桶里没有出来。观众禁不住都着急了，不断地大声叫嚷："快叫它们相互交锋，打斗起来呀！"

彼得拿出一支节日庆祝用的烟火塞进了杰克藏身的木桶里。只听见"噼里啪啦"一阵爆响，烟火爆炸了！躲在里面的杰克吓了一跳，快速地从木桶里逃了出来。

此时，公牛正站在竞技场的中央，显得威风凛凛，当它看到杰克忽然朝自己的方向冲了过来，还以为是冲自己来的呢，心中一慌，便飞快地逃到木栅栏的角落里去了。

观众们误以为灰熊和公牛开始比赛了，都站起身来，兴奋地鼓掌助威。

实际上，灰熊有两种特别的习性：一是迅速拿主意，反应非常快；二是一旦拿定主意，会马上采取行动。这时，杰克的大脑中很快形成了一个计策，这个想法在公牛还没有退到木栅栏时就已经开始酝酿了。他朝周围看了看，找到了一个最容易爬上去的地方，那里有一根钉在木栅栏上的横木。

意想不到的事情发生了！杰克用三秒钟的时间跑到了横木前，用不到两秒钟的时间翻过了横木，用一秒钟的时间向观众席冲去。看到来势汹汹的大灰熊，观众们立刻四散逃窜，叫喊声、惊呼声连成一片，其中还夹杂着一些狗的叫声。大家不约而同地往马棚跑去，因为马棚里已经没有马了。原来，为了避免比赛时马会受惊，牧场主提前把马都赶到了远离竞技场的地方。

趁着大家乱成一团，杰克目标明确地冲向了山岗。跑了很长一段距离后，一群人马从身后大喊大叫地朝他奔来。

杰克很快就跑到了小河边，一下子跳进了河水里。水流很急，虽然那些狗闻着气味追到了河边，却迟迟不敢跳进湍急的河水中。杰克一直游到了对岸，穿过高高低低的山路，翻过许多山岗，不断地向高处爬去。这一刻，那些受欺负、被锁链束缚的日子变成了遥远的回忆，终于一去不复返了！

七月四日是美国独立纪念日，没想到就在这一天，灰熊杰克也开始了他的独立生活！

灵犀一点

　　自由对于人类和动物都意义重大。杰克在美国独立纪念日当天，凭借着自己的聪明和果敢重新获得了来之不易的自由。无论生存环境多么艰辛，我们都要学会随机应变，永不放弃。

第七章　九米高的熊

　　杰克在山林里开始了独立的生活，他不但用植物来充饥，还发现了佩德的羊群。奇怪的是，当人和熊面对面相持时，佩德却被高大的熊影吓坏了，误认为杰克是九米高的大熊。

　　为了躲避猎人的追击，杰克逃到了大山的更高处。从小到大杰克并未真正独立地在大自然中生活过，但他并不恐惧这种崭新的生活。一种与生俱来的智慧和本能在暗地里指引着他。他在灌木丛中行走时，本能会告诉他哪些植物是可以吃的，什么植物是有毒的。

　　午后的阳光烘烤着大地，到处都是炙热一片。杰克稍事休息，调整好心态，继续前进。在他的心灵深处，有一种神秘的力量正在驱使他躲避所有的危险。天渐渐黑了下来，杰克并不怕黑暗，他边歇边吃边走，最后来到了塔克拉山最高的地方，也就是他出生的地方。

凭借着本能和直觉，杰克终于回到了他的故乡。他已记不清楚自己见到的东西了，但是用鼻子嗅到的那些气味仍让他记忆犹新。回到塔克拉山以后，杰克每天吃的都是些野草莓之类的东西，因此，他对于肉的气味特别敏感。

一天夜里，晚风送来了羊的气味，杰克很快发觉了。他开始顺着气味的方向往山下走。穿过松林，踏过小溪，走过岩石林立的山谷，他看到昏暗的山谷中有微弱的火光在闪闪烁烁。杰克知道，那是人们点燃的篝火，他在牧场的时候看到过。

杰克轻手轻脚地从山上下来，渐渐靠近目标，来到能够看清楚的地方，仔细一瞧，哇，牧羊人和狗正在篝火旁边睡觉呢！越往前走羊的气味就越浓烈，但奇怪的是，杰克连只羊的影子都没有看到。他仔细巡视四周，谷底只有一池灰色的水，水面上倒映着夜晚闪烁的星星，却没有听到流水清脆的声音。

杰克走上前去再一瞧，嚯，这哪里是什么水呀，分明是一群白色的羊，而那闪光的星星正是一只只羊的眼睛！看到了羊群，杰克没有丝毫犹豫便踩着矮树直接向羊群冲了过去。

"咩——咩——"羊受到了惊吓，慌乱地喊叫着，四处逃散。听到动静的牧羊人和狗一起跳了起来，狗狂叫不止，牧羊人也开枪了。发生什么事情了？牧羊人百思不得其解。原来，就在枪声响起的那一刻，杰克早已叼着一只羊冲进了森林，无影无踪了。

第一次吃到新鲜的羊肉，杰克感到味道美极了！此后，每当嘴馋想吃羊肉了，杰克就会走下山，他那灵敏的鼻子会告诉他那种美味的东西在哪里可以找到。

佩德是一个牧羊人，实际上，他一点都不喜欢羊，放羊只不过是他养家糊口的手段，他不得不做而已。羊是一种能够变成钱的好东西。

一天结束，佩德总要清点一下羊的个数，就像商人清点货物、查点账目一样。由于他的羊数目众多，有三千多

只，点数就变得特别麻烦，甚至还常常数错。佩德便想出了一个绝妙的聪明方法：每一百只白羊里面配上一只黑羊。这样，一只黑羊带领着一百只白羊，每天下来，只要清点一下黑羊够了三十只，就万事大吉了。

最开始的时候，杰克每次杀死一只羊，一连三次都没有被发现。原因很简单，这几次，他杀死的都是白羊，佩德甚至还不知道有羊被杀死吃掉了。可是，杰克第四次来袭击羊的时候，杀死了一只黑羊。佩德很快发现，黑羊只有二十九只了。他大吃一惊，因为按照他的算法，一只黑羊领一百只白羊，丢了一只黑羊，就等于一百只白羊不见了！他吓坏了，失声大喊："不好啦！一百只羊被杀死啦！"

牧羊人有自己的规矩，一旦认为某个地方不好，就要另外换一个地方来牧羊。佩德想，附近一定有什么动物在偷吃他的羊。于是，他赶着羊群往别的地方走，一边走，一边在口袋里塞满了小石块。这些小石块可以赶羊，也可以用来自卫。

傍晚时分，佩德终于找到了一个新的地方。这里是一个山谷，俨然是个天然的放牧场，周围全是高高的悬崖。这个地方太适合带着羊群过夜了，因为羊群怎么也逃不过他的视线。佩德将羊群赶入山谷，又在山谷的入口处点燃了篝火。

这一整天，佩德赶着羊群走了十五公里的路。对羊群来说，这已经是一次疲惫的长途旅行了。对杰克而言，这仅仅是两个小时的轻松漫步。虽然看不到十五公里以外的羊群，但是凭借着灰熊特有的灵敏嗅觉，杰克很快知道了羊群所在的准确位置。此时，杰克还没有吃晚餐，肚子正饿，便顺着羊群的气味悄悄地跟了过来。

佩德把羊群赶到山谷里以后，在篝火边吃罢晚餐便安心睡下了。半夜，他被狗叫声惊醒了，睁开眼睛往对面一看，不禁大吃一惊。眼前竟然有一只大怪物站立在他面前，足足有九米之高！狗早就吓得不见踪影了，佩德更是吓得要命，趴在地上，双手抱头，蜷缩的身体瑟瑟发抖。

实际上，他根本没看清楚面前的怪物。他看到的是熊映在后面悬崖上的巨大身影。被拉长的影子足足有九米高也是正常的事情。

过了一会儿，心惊胆战的他抬起头，发现九米高的大熊已经不见了。随后，羊群中传来了慌乱嘈杂的声音。佩德看见一只普通的熊正在追着羊群使劲奔跑。他不禁感慨道：不得了了，刚才的怪熊真够巨大的，不过他的孩子倒跟普通的熊一样大小呢！

第二天清晨，佩德去找逃散的羊。清点羊群时他发现黑羊少了两只。按他的算法，一只黑羊就相当于一百只羊，也就是说，九米高的大熊一转眼就吃光了两百只羊！顺着羊群的脚印，佩德走了好几公里的荒地才来到了一个口袋形状的小山谷，逃散的羊全部都站在高高的石头上面。

原来羊都还活着呢！佩德顿时感到很高兴。他想走上前去把羊群赶下来，可奇怪的是，无论他怎么大喊大叫，那些羊就是不肯下来。没办法，他便爬到高处，把羊拉了下来。可是，羊刚一走到山谷的入口处，马上就像害怕什么似的，立刻又慌里慌张地跑回了原处。这到底是怎么回事呢？

通过仔细观察，佩德终于明白了，原来谷底有熊的脚印！因为看到了脚印，并闻到了灰熊留下的气息，羊产生了极度的恐惧，即使被拉了下来，一闻到这些气味，还是缩退回了山顶。那个山谷里还有很多羊，佩德担心它们也遭遇危险，于是决定放弃山顶上的这五百只羊，回到山谷，守着剩余的羊群过夜。他暗想，在篝火旁边睡觉太可怕了，九米高的大熊再来怎么办？于是，他决定筑一个五米左右的高台，在高台上面睡觉。狗喜欢睡在温暖的地方，它还是在篝火旁睡下了。

深夜的时候，佩德被冻醒了，浑身瑟瑟发抖。他非常羡慕睡在篝火旁边的狗，但又害怕大熊，不敢从高台上下来。他整夜都没有睡踏实。

黎明的时候，睡在篝火旁的狗突然跳了起来，疯狂地吠叫。羊群也开始骚动起来，似乎充满了恐惧，且不断后退。那个巨大的黑影又一次出现在了佩德的面前。他握紧了枪。可是，他突然想起，那只大怪熊有九米之高，自己的高台仅有五米左右，如果开枪，那不就暴露无遗了吗？假如自己受到大熊的攻击，会立刻被吃掉。现在绝对不能开枪！世界头号大傻瓜才拿自己的性命开玩笑！佩德边琢磨边赶紧收起枪，趴在高台上，一动不动，嘴里还不停地小声祈祷："上帝啊，以前我做过很多坏事，请您原谅我吧！别让大怪熊吃掉我啊！"

终于，天亮了。佩德认为他的祷告起了作用。地面上虽有熊的脚印，但黑羊的数目没有减少。他长长地叹了一口气，捡了一些小石块放在口袋里。他用石块打羊，把羊群从山谷中赶了出来。

不远处，狗不知道从哪个方向跑出来了，与佩德一路前行。他一边把石头扔向狗，一边不满地骂道："你这胆小如鼠的家伙，赶羊去，快赶羊去，不许偷懒！"

灵犀一点

人有时并不是被对手的强大所吓倒的，而是被自己头脑中虚幻的假象所吓倒的。所以，遇到危险时，千万不要恐慌，要沉着应战，先摸清对方的情况，否则就会被虚有其表的对方所蒙骗。

第八章 与南卡打赌

佩德把大怪熊吃羊之事告诉了猎人南卡，并与他打赌，若南卡击毙大怪熊，他便把身上装有金沙的瓶子送给他。南卡利用自己打猎的丰富经验，射伤了前来吃羊的杰克。此时，他们彼此都不知道对方是谁。

一场虚惊之后，佩德赶着羊群继续往前走，不一会儿，来到了一块平地。这时，他看到高高的岩石上坐着一个男人，便朝他挥了挥手，走近一看才发现竟然是猎人南卡。

两人一见面，都很高兴，开心地交谈着，互相交流着不同的信息。比如，羊毛的价格啦，公牛与灰熊的比赛没有成功啦，以及刚刚发生的佩德的羊群被大怪熊袭击啦……佩德仍心有余悸地告诉南卡："我从来没有见过那么大的熊，哎呀，他简直跟魔鬼一样可怕呢！"

听到这里，猎人南卡越来越感到好奇，就继续详细地询问下去。佩德便极尽夸张之能事，讲述起了那只大熊。他说："大熊简直就像魔鬼一样，身高足有九米，一个晚上就吃掉了我两百只羊！而且，这家伙非常狡猾，甚至还把那条口袋形状的山谷当成了自己的临时粮仓……"起初，南卡瞪圆了眼猜，吃惊地听着，后来，他越来越觉得不大对劲，便问道："佩德先生，你是头脑发烧，还是在说梦话？"

佩德显然很不高兴，生气地说："你竟然认为我在骗你！不信的话，我们可以打个赌。"说着，从身上的皮口袋里拿出了一个装有金沙的瓶子，说："为了证明我没有撒谎，我们就来赌这些金沙吧！如果我说的是假的，那么这瓶金沙就都是你的了。"

南卡想了想，说："我手头上可没有做赌注的钱。这样吧，如果我把那只大熊打死了，你再把瓶子里的金沙给我，好不好？"

"好！一言为定。你最好能把我那些可怜的羊都带回来，要不然它们在口袋山谷里肯定都会被饿死的。"

"那好，就这么办。我们握手为实。"南卡答应道。

两个人互相紧紧握手为诺，说定永不反悔。

佩德在心里打起了如意小算盘：只要南卡决定追赶猎物，无论遇到什么困难，无论付出多少代价，他都不会放弃的。如果仅仅以少量的金沙为代价，就能让南卡杀掉大怪熊，让自己的羊不再被吃掉，这笔买卖还是相当划算的！

南卡开始追捕佩德所说的灰熊。他不知道，这只大灰熊就是自己抚养长大又逃跑的小熊杰克。以前的杰克和南卡是好伙伴，可现如今，他已经成长为一只与过去截然不同的成年灰熊了。南卡根本不会认识他。

南卡来到了口袋山谷，他确实看到了站在岩石上的羊。在入口处，他还发现了两只刚被吃掉的羊的残骸，附近还有很多熊的脚印，不过这些脚印都中等大小，他并没有发现佩德所说的那只大怪熊的脚印。

南卡尝试着把一只羊拽下来，可是羊立刻又爬回了高处。他好不容易又把另一只羊拉下来，然而，它又一次爬上了岩石。百般无奈，南卡想出了一个好办法。首先，他割了些荆棘做成围栏，将羊一只一只从岩石上拉下来，赶进了围栏里。然后，他把最后一只羊留在了山谷的岩石上，在走之前，他还堵住了口袋山谷的入口。

这是他实施的捕熊计划的第一步。他将围栏中的羊放出来后，赶到了佩德所在的牧羊地。佩德见自己的羊回来了，很是高兴，爽快地把瓶子里的一半金沙送给了南卡。

当天晚上，南卡和佩德两个人一起住在佩德的牧羊处。遗憾的是，并没有大熊出现。第二天一早，南卡又回到了口袋山谷。正如他所预料的那样：留下的那只羊果然被熊吃掉了。他推断，熊肯定还会回来吃剩余的羊，他决定在熊的必经之路撒些干燥的小树枝，在附近五米高的树上搭个平台。黄昏后，他将毛毯铺在台子上，爬了上去，裹着毛毯睡下了。

南卡懂得许多有关熊的常识。一只老迈的熊一定不会一连三个晚上都到同一个地方觅食。如果是一只狡猾的熊，它也不会再次来到吃剩下的猎物那里，因为人会在剩余的猎物上下毒，或在附近设置圈套。还有，如果是一只经验丰富的熊，看到以前走过的地面上出现了异常，肯定也会掉头走掉的。可是，灰熊杰克并不老迈，也不是一只狡猾的熊，经验也极不丰富。夜幕来临，他便大大咧咧地回到了吃剩的猎物这里——这已经是他第四次来到这个山谷了。

杰克很想念这个香味扑鼻的地方，虽然也闻到了一点掺杂在其中的人的气味，可他却没有提高警惕。

"咔嚓！"杰克踩到了一根干枯的小树枝。

听到声音，南卡一下子从台上坐了起来，并端起了枪，目不转睛地瞄准了越来越近的黑影。

"咔嚓、咔嚓"的声音不断传来，不一会儿，那个巨大的黑影就走到了羊的尸骸附近。南卡瞄准熊影，果断地扣动了扳机。

杰克发出了一阵急促的喘息声，一转身逃进了树林里，匆匆消失在了夜色中。南卡还能听到他偶然撞到树木的声音。

这是灰熊杰克第一次被枪打中，而打他的猎人正是当年抚养他的南卡。而此时，杰克和南卡互相之间都不知道彼此。子弹穿过了杰克的脊背，他感到无比疼痛，既憋屈又窝火，强忍疼痛，吼叫着穿过树丛，逃跑了。跑了一个多小时后，杰克想躺下身来舔舔伤口，可是舔不到，只好把身体靠在树干上摩擦伤口。杰克站起来继续往前走，一直走到了塔克拉山。他找到了一个洞穴躺了下来。伤口还在不停地疼痛，难以忍受的杰克痛得在地上打起滚来。

灵犀一点

　　杰克没有另辟新路去寻找猎物，总在同一个山谷里吃羊，结果被猎人南卡射伤了，这是一个惨痛的教训。吃一堑长一智，在日常生活里，我们都应该不断地积累经验。因为，在某些时候比知识更重要的是智慧，比智慧更重要的是经验。

第九章　水中的相遇

南卡为了将躲在洞里的杰克熏出来，点燃了篝火。没想到，却引燃了一场森林大火。从大火中逃脱出来的杰克和南卡在水中相遇了，因为彼此都有伤在身，便小心翼翼地回避对方，各自逃走了。

杰克度过了一个难以忍耐的漫漫长夜。

第二天清晨，太阳从东方高高升起，杰克仍在洞中忍受着痛苦。忽然，他闻到了一股烟火的气味。这气味越来越强烈，不一会儿，浓烈的烟气便充满了杰克周围，让他呼吸困难，睁不开眼睛了。外面的烟还在不停地往里涌来，杰克一点点地变换着位置，继续向洞穴深处移动，最后，从另外一个洞口逃了出来。

出来之后，杰克回头一看，入口旁边有个人正低着头，手拿木头往火堆里扔，而且还在不断地扇火，想让烟冲进洞穴里面。此时，杰克心里明白了，他就是昨晚向自己开枪的那个家伙。

杰克当机立断，迅速地往远处跑去，可是，烟火并没有因此而减少，仅仅过去两个小时，杰克的四周又开始浓烟滚滚了。此时，鹿、兔子和小鸟也都源源不断地跟着跑过来，从他身边一闪而过。隐约中，还听到了狗的叫声，杰克也加入了那些拼命奔跑的队伍。这时，天空中传来了"轰隆隆"的响声，那声音越来越大，越来越近。四周都是"噼里啪啦"的声音，熊熊的火焰越来越猛烈。整个森林都燃起了大火，风让火燃烧得更加猛烈，火势迅速蔓延开来。

热风从杰克的身后吹了过来，像是在追赶他。他从来都没见过这么猛烈的阵势，心里感到十分害怕，但本能告诉他：赶快跑吧，不跑就来不及了！他拼命奔跑起来，比以往的速度还要快，几乎忘记了自己正在流血的伤口。

不久，周围变成了一片火海，许多小鸟、野兔和鹿都被大火烧死了。由于灌木丛也在燃烧，所以杰克身上的皮毛也被火烧焦了，此时的杰克已经完全忘记自己身体上曾经受过的伤了。

被大火追逐的杰克在森林里拼命奔跑，眼睛已经被熏得看不清东西。他没有了方向感，只知道使劲向前跑，前面的树越来越少，不一会儿，他已经跑到河堤，接着跳进了池塘里。杰克的身上还带着火，跳下水后，身上还发出了"吱吱"的声音。

杰克一会儿潜入水中大口喝水，一会儿又露出脑袋来使劲呼吸。森林里喷出来的火焰和热风一次次地从水面上掠过，偶尔还有火星纷纷落下来。

很多森林里的动物接二连三地跳往水中，有的身体被烧焦，刚到水边便气力衰竭地死掉了，有的还在苟延残喘。小动物趴在岸边，大动物则游到河中央。当杰克又一次把脑袋浮出水面的时候，竟然闻到了一股熟悉的气味。杰克对这种味道太刻骨铭心了，就算整个森林都被燃尽，他也不会忘记这种气味，毫无疑问，这就是打伤他的那个猎人的气味。目前，杰克还不知道这场大火就是由这个人引起的。为了把杰克从洞中驱赶当来，他点燃了篝火，从而引发了这场无情可怕的森林大火。

此时，就在距离三米左右的水面上，有个人伸出了脑袋看着杰克。人和熊之间相互打量着。燃烧的空气热辣辣的，让他们几乎无法忍受，很快，他们又一次同时潜入了水中。半分钟后，杰克再一次露出了脑袋，那个人也露出了头。他们之间的距离比刚才远了，双方都长长地吐了一口气。

火势迅猛，巨大的声音就像暴风雨将要来临一样。一棵大松树烧焦后倒进池塘，几乎砸在了南卡身上。松树带着一股热气向南卡冲了过来，他不得不向杰克靠近了一些。又是一棵松树，在压死了一匹狼以后，倒在了刚才的那棵松树上，两棵树迅速地熊熊燃烧起来，杰克也不得不向南卡靠近一些。

现在，人和熊相隔很近，仿佛一伸手就能碰到对方。

他们彼此都小心翼翼地提防着对方。南卡的枪丢在了岸边，手里只剩下一把刀，他一直手握刀子保护着自己。实际上，他完全是在杞人忧天，火势这么迅猛，烤得人和动物都难以忍受，不得不隔几分钟便把脑袋潜入水里，谁

还有时间和精力去对付对方呢？

又过了一个多小时，森林中的火势渐渐弱了，温度也降了下来，躲在水中的人和动物可以勉强从水中出来了。杰克首先跳出池塘，跑到了烧黑的森林里。他后背流出的鲜血染红了池塘里的水。南卡看到杰克后背的伤后才知道这只熊就是昨天晚上在山谷中被自己打伤的大灰熊。

杰克离去后，南卡也从池塘对面爬上了岸，朝相反的方向跑去。

这场大火烧毁了塔克拉山的西侧森林。

南卡因大火而走了霉运，本来，他只是想把大熊从洞里熏出来，没想到烧毁了森林，他位于塔克拉山西侧的房屋也全部烧毁了。他又到山的东侧新建了一个小屋，搬了过去。当然，原来在西山生活着的野兔、长颈鹿、小鸟等大大小小的动物也都搬到了东侧。

杰克背上的伤好多了，当然也不例外地搬到了塔克拉山东侧。他再也忘记不了枪的气味了，那是一种非常危险的气味。

灵犀一点

为了把杰克熏出洞来，猎人南卡烧毁了一片森林，包括自己的家。因为一己之私而不顾全局，害人又害己，不可取。

第十章　压死杂种狗

在南卡与杰克对视的过程中，南卡被树枝绊倒，倒地装死，杰克怀念过去快乐的儿时时光，便放过了他。没想到，南卡却邀请好友老罗和他的爱犬一起捕杀杰克。杰克巧妙周旋，踩死了嗅觉灵敏的狗。

山坡上，一群鸟从杰克附近悠然地飞向远处的矮树丛。这时，正在行走的杰克听到一声枪响，"砰——"。不一会儿，一只鸟垂直落到了他的身旁，杰克正想去看看鸟儿是否有生命危险，这时，从对面的灌木丛里忽然跑来一个人。杰克立即嗅到了一股熟悉的气味。他俩相隔只有三米远，双方都认出了对方。

面前站着的这只大灰熊毛皮被烧焦、背部带伤疤，这就是南卡在山谷中捕杀他时留下的痕迹。杰克也从这个人的身体和枪的气味上判断出就是他让自己受伤的，他就是自己的仇人。

杰克反应非常快，猛然站了起来。南卡吓了一跳，一看形势不妙，赶紧转身逃跑，却在惊慌中被地面的树枝绊住，摔倒在地。他将脸紧贴着地面，装作死了的样子，一动不动。

杰克举起前掌，想狠狠地抽打他。可就在此时，一股久违了的气味钻进了他的鼻子，那是曾经非常熟悉的一种气味。很久以前，他还很小的时候，在南卡的小屋里度过了一段最快乐的时光。至今，他依旧怀念这种熟悉的气味。所有的愤怒都烟消云散了，杰克改变了主意，没有残害地上的男人，而是选择了转身慢慢地离开，他不想伤害曾经与他共度美好时光的人。

南卡可不这么想，他还以为是因为自己倒在地上装死才骗过了灰熊呢！杰克走后，他悄悄地抬起头朝四周看了看，确认熊的确离开了，才站起身来，手里还紧紧地握着枪。

南卡发誓要继续追捕杰克！他约了好朋友老罗，老罗还带着他那条黄色的杂种狗——杂种狗善于追踪动物的脚印。南卡和老罗准备好野营的工具和粮食开始进山了。很快，他们便弄清楚了这一带动物的基本情况：地面上有很多鹿，还有少量的熊。沿着湖岸，南卡找到了熊的脚印，他对老罗说："没错，就是他的脚印！"

"佩德不是说那家伙有九米高吗？"老罗感到很有趣，问道。

"大概他是在晚上看到的，而且看到的只是映在岩石上的影子。实际上没有那么夸张，若站立起来最多也就两米吧。"南卡对自己的直觉总是非常自信。

"那就赶快让狗追上去吧！"老罗立刻命令他的杂种狗。

不一会儿，狗开始发出奇怪的叫声，跟着熊的脚印往前走。

"嘿，别跑得那么快，等等我们！"南卡和老罗一边大声呼喊，一边从后面追了上去。

与此同时，杰克在不远处已听到了狗和人的叫喊声。

他开始沿着自己的脚印往回走，想看看后面到底发生了什么事情。这时，风送来了狗和人的气味。杰克使劲抽动着鼻子，捕捉到了两种气味——一种是猎人身上使他感觉亲切的气味，而另外一个人和狗的气味却让他感到非常厌恶。

其实，杰克早已忘记了从前欺负过他的人和狗了，一嗅到这种气味，又勾起了他的回忆。他迅速做出一个决定，追赶那个家伙！杰克很快就绕到他们背后，然后，保持着一定的距离跟着他们。别看杰克的个头很大，脚落地的时候却不会发出一点儿声音。在前面奔跑的人和狗根本就没意识到熊跟在后面。

风向突然改变了，一阵旋风过后，狗突然闻到了身后送来的熊的味道，它突然站住，转过身去，狂叫着，朝来时的方向跑去。

南卡和老罗感到很吃惊。老罗喊道："哎呀，这到底是怎么回事？莫名其妙！"

"一定是狗发现熊了，对，一定是狗发现熊了！"南卡兴奋地说。

两人说话之间狗已无影无踪，不知跑向何方了。

杰克听到狗的狂叫声，知道它正冲着自己跑过来。小时候，杰克常被这只杂种狗欺负，觉得它身上有一种令人厌恶的气味，就在这时，杰克又闻到了那种气味。

狗越跑越近，刚要穿过树丛，此时此刻，杰克突然从树丛里冲了出来，一下子把狗压在了身子底下。几年前他也这样做过，不过情况有点不同：当年的杰克是只小熊，如今的杰克已经是一只大熊了，体重不知道比以前增加了多少倍。狗被杰克沉重的肉身一压，还没有反应过来到底发生了什么便一命呜呼了！

森林里突然安静了下来，再也听不到狗的叫声。南卡和老罗迷茫地站在原处，不知道该往哪里走了。

他们四处寻找，花了好长时间终于找到了杂种狗。看到杂种狗已经支离破碎，没有了一点呼吸，他们立刻明白了：狗是被大熊给打死的。

老罗看到爱犬被打死了，非常痛心，气愤地发誓："这只灰熊太可恶了，我一定要替我的爱犬报仇！"

南卡也附和道："看来，咬死佩德那些羊的熊也肯定是他。这家伙太狡猾了！我非追捕到他不可！"

两人信誓旦旦，一副无比凶狠的模样。

灵犀一点

亲人和仇人有时就一步之遥。只有消除了相互之间的矛盾和误解，关系才会融洽。

第十一章　后背的伤痕

　　南卡和老罗想方设法捕杀杰克，杰克不幸被南卡射中了侧腹。伤痕累累的他为了生存和填饱肚子，只能去偷袭来池塘喝水的牛。

　　爱犬死了，南卡和老罗只好更换狩猎的方法。他们苦思冥想，决定用挖陷阱的方法捕获灰熊。他们反复挑选合适的地方，最终选定了一块两棵树中间的空地。目标锁定后，南卡负责回帐篷去取斧子，老罗则留在原地做一些准备工作。

　　南卡快走到营地的时候忽然看到对面的山坡上坐着一只灰熊，正俯视着他们的帐篷。定睛一看，竟然就是上次相遇的那只大熊。踏破铁鞋无觅处，得来全不费工夫，南卡和杰克就这样隔着帐篷不期而遇了。

　　南卡当机立断，取出猎枪，顾不得走得更近，立刻瞄准了杰克。就在他扣动扳机的那一刹那，杰克抬起了头，盘起了后腿，开始舔自己的后脚。这是一种最易被击中的姿势。南卡迅速射出子弹。

　　"砰"的一声枪响，子弹稍偏了一点，没打中杰克的头部，却打断了杰克的一颗门牙和一根脚趾头。杰克感到了嘴巴和后脚上的剧烈疼痛，立刻跳了起来，发出了急促的喘息声。忽然，他抬头看到了对面的人影，大声吼叫着，从山坡上跑了下来。

　　南卡赶紧爬上树，摆好射击的姿势，准备再次射杀灰熊杰克。

　　奇怪的是，灰熊并没有朝他跑来，而是钻进了帐篷。

他简直气疯了，看啥都别扭，只见他一巴掌打飞了帐篷，里面的罐头四散乱滚，到处都是。装面粉的口袋被撕开了，面粉像雾一样四处飘散。装子弹的口袋也被弄坏了，子弹被撒到了篝火中。

杰克还发现了一个瓶子，他熟练地拔掉上面的木塞，嘴对着瓶口就喝了起来。瓶子里的东西似乎不合他的胃口，于是，他将含在嘴中的液体一下子喷了出来，还顺手打碎了瓶子。

这时候，被扔到火里的子弹开始爆裂了！杰克听到炸裂的声音，吓了一跳，这种声音似乎让他想起了什么，他迅速地从帐篷里跳了出来。

正当杰克发泄完毕准备离开的时候，站在树上的南卡又一次朝他开了枪。这次，他对准的是熊的后背。就在他扣动扳机的时候，杰克正好转了个身，飞来的子弹打中了杰克的侧腹。杰克又受伤了，他疼痛难忍，大叫着跑进了浓密的森林。

帐篷里的东西已被杰克弄得乱七八糟，收拾好至少得花一个星期的时间。因此，南卡和老罗无法在这里继续狩猎了。他们决定重新制订计划，买足粮食和子弹，东山再起。

杰克的嘴、腹部、脚趾都受了伤，可谓从上到下，腹背受敌。回到森林后，他便钻进树丛中躲了起来。他忍着剧痛，一整天都一动不动地待在那里。第二天，他感到饿极了，便从树丛中走了出来，寻找可吃的食物。他在狭窄的道路上走着，忽然嗅到了一股讨厌的气味，这是人的气味，而且他听到了马蹄的声音。杰克愤怒地低吼了一声，真想马上去报仇。可是现在他体力不支，很有可能打不过他们，便在窄小的过道上坐了下来。

过了一会儿，一个骑马的牛仔过来了。马看到堵住去路的灰熊害怕地站住了。牛仔也看到了眼前的灰熊，紧拉缰绳，稳稳地勒住了马。牛仔对山里的情况十分熟悉，虽然带着手枪，但他知道此时不能轻举妄动。

牛仔用印第安人惯用的手段与熊说起话来："熊啊，

我可没有要伤害你的意思，请让我和我的马儿过去，好吗？"

杰克低声地"呜呜"吼叫着，装出一副吓唬牛仔的样子。

牛仔继续跟他说话："你拦住了我的去路，麻烦你躲一下，让我们过去，好吗？"

杰克仍然在低声吼叫，可已经不是在威胁对方了。当确信对方不是敌人，不会伤害他的时候，便低低地叫了一声，站起身从旁边的斜坡慢吞吞地走下去了。

杰克对于草莓、树根，还有鹿的味道已经很熟悉了。最近，他总是到处乱逛，一边慢慢养伤，一边寻找食物。一天，他正在赶路的时候，忽然间闻到风中有一股特别香的气味，这种气味非常美妙，他顺着这种气味走了过去。

香甜的气味是从不远处传过来的，那是一块平坦的草原，草原上有一群慢慢行走的动物，个头与杰克差不多，一共五头。这种动物杰克以前从来没有见过。显而易见，那是五头牛。看到它们行动缓慢、悠闲的样子，杰克丝毫没有感到可怕。刹那间，偷袭猎物的本能在他体内涌动起来，杰克想弄到它们当中的一头。

杰克转到了另一个风口处，从这里可以很容易地闻到对方的气味，而对方却对自己的气味毫无察觉。树林边缘

有个小池塘，杰克在那里喝了几口水，便钻进了附近的灌木丛，用双眼警惕地观察着对面的情况。

转眼间，一个小时过去了，太阳快要落山了。牛还在继续吃草，其中一头小一点的牛慢慢地朝池塘走来。杰克有些紧张，他调整好姿势，时刻准备着应付对方的攻击。

那头小牛越来越近了，难道它发现自己了？实际上，杰克的担心是多余的，小牛只是因为口渴了想到杰克藏身的灌木丛旁的池塘来喝水而已。

小牛更接近了，杰克突然从藏身之处跳了出来，对准小牛就是一拳。不巧，这一拳正好打在了牛角上，一阵痛楚传遍杰克的全身。杰克对牛不熟悉，不知道牛角是它身上最硬的部位。再看那头牛，它的牛角已经被杰克打断了，痛苦地倒在地上。愤怒的杰克冲到牛前又给了它重重的一拳。那头牛就再也没有站起来，它已经被杰克打晕了。其他的牛看到同伴遭遇不幸，惶恐地纷纷逃掉了。

　　杰克带着战利品回到了山中。接下来的一个星期，他一边吃着牛肉一边慢慢养伤。不久，杰克就恢复了健康。

灵犀一点

　　物竞天择，适者生存。弱肉强食是自然界的生存法则。只有让自己不断变得强大起来，才能不被对手打倒，成为最后的胜利者。

第十二章　圈套的设置

南卡和老罗为了捕捉到灰熊杰克，缜密地设置了圈套。他们精心地制作了几个结实的木箱子，并摆设上诱饵，遗憾的是，他们只捕捉到了几只臭鼬。

恢复了体力的杰克又像从前一样精力十足，能跑很远的地方了。成年的杰克已把自己的地盘扩展得越来越大，在走过的地方都留下了自己的味道。偶尔，也有其他的熊前来挑衅，几乎都以杰克胜利告终，他的对手越来越少了。

猎人南卡不断追踪灰熊的足迹，他从脚印上判断杰克与其他的熊不太一样。杰克的前掌有一块圆形的伤痕，后脚上也有。他常用后腿站起来在树干上蹭后背，或者用前腿抱住树，这时候，他用后脚的趾甲挠树，就会留下一些痕迹。南卡就是从这些痕迹上看出了有关杰克的蛛丝马迹，甚至他前掌和后脚的伤痕情况。除此之外，那次他开枪打伤了杰克，知道他的门牙是断裂的。所以，只要仔细查看熊啃咬树后留下的印痕，他就知道杰克是否曾经来过这儿。

南卡和老罗找到了一块合适的地方用来设置圈套，决定再次一起捕猎灰熊。他们把砍下的圆木组装起来，做成结实的木箱，还在入口处用木板安装了吊门。只要猎物在木箱里碰一下诱饵，门就会轰隆一声从上面落下来，猎物自然就被关在木箱里了。在杰克养伤期间，南卡和老罗不停地工作，早就做好了四个木箱圈套，计划分别放置在森林的不同地方。

起初，他们并没有在木箱里挂上诱饵，经验告诉他们，谨慎的熊肯定不会轻易接近不熟悉的东西，况且，刚做好的木箱里还留存人的气味，所以，他们得等待人的气味完全消失后再将木箱放置到森林里。

俩人把木屑清扫干净后，用泥土把新木头涂黑，在木箱里面蹭上不新鲜的肉。忙碌完毕，他们在木箱外挂上了已经变质的鹿肉。做好这些工作后，一连几天他们都没有光顾，目的是让风把人的气味吹干净。

第四天，他们过去察看战况，发现其中一个木箱的门

已经落了下来。老罗还以为捉到了熊，可南卡察看了一下周围的脚印，发现那不过是一些臭鼬的杰作。打开箱子一看，果然里面关了好几只臭鼬，俩人都忍不住笑了起来。他们把木箱里的诱饵重新挂好，几天过去了，仍然没有熊的影子。两人心中充满疑惑：这么大的一块肉，为什么就招不来熊呢？

苦思冥想了半天，南卡拍着脑袋说，可能是诱饵不对，熊都爱吃蜂蜜，应该弄一些蜂巢来当诱饵。关于熊爱吃蜂蜜这一点也是南卡偶然才发现的。有一次，在追踪一只熊的脚印时，他发现这只熊每次遇到蜂巢就一定会停下来。

决定用蜂蜜做诱饵之后，他们就去找蜂巢，找到后，将蜂巢放到了小布袋里，又把布袋吊在木箱里。

灵犀一点

一计不成又生一计，南卡和老罗是两个不达目的不罢休的家伙。虽然他们的行为是错误的，但这也说明：与敌人对决时，的确需要智慧的较量、毅力的坚韧。

第十三章　冒险的逃脱

　　南卡和老罗用蜂蜜做诱饵，欲捕捉杰克，但是，聪明的杰克即便三番五次地冒险光顾，也一次次成功逃脱了。

　　这天晚上，精力充沛的杰克又闲逛到森林里，想找些食物充饥。走着走着，他敏感的鼻子便嗅到了蜂蜜的气味，他急忙循着气味奔跑而去。对他而言，蜂蜜可是天底下最好吃的东西了，怎么可能拒绝呢？

　　杰克加紧了前行的脚步，顺着蜂蜜的味道，不知不觉便走了很远的距离。最后，他看到了圆木做成的奇怪的洞穴，浓郁香甜的蜂蜜气味就是从这里飘出来的。忽然，杰克嗅到里面还混杂着其他气味。他仔细地嗅了嗅，没错，就是那个讨厌的猎人的气味。那蜂蜜香甜可口的味道实在是太诱人了，杰克便在木箱周围转了几圈，认真地察看起地形来。蜂蜜的气味顺着微风一阵一阵地钻进了杰克的鼻孔，他忍不住越过入口，小心翼翼地走近了木箱。他先是闻了闻悬挂在木箱里的布袋，又用舌头舔了舔，口水便顺着嘴角流了下来。为了把蜂蜜弄出来，杰克用力地拉了拉口袋。

就在那一刹那，只听见"嘭"的一声，活动的门从上面掉了下来。杰克吓了一跳，他马上意识到自己掉进圈套里了。他用身体用力撞击出口的门，结实的门却纹丝不动。他用前爪去抓木箱四周的木头，想找到容易突破的地方，可是，木头墙非常牢固，难以下手，用牙咬也不起作用。杰克急得在木箱里走来走去，绞尽脑汁地想办法逃出去。

不知折腾了多长时间，天渐渐地亮了。阳光从入口门板的缝隙中照射进来。这束光一下子提醒了杰克，入口门板是可以撞击的！杰克用硕大的身体不断地撞击门板，没多长时间，厚木板便在这种有节奏的撞击下一块块松动，掉了下来。

当南卡和老罗来这里巡视的时候，杰克已经不见了。看到木箱遭到严重破坏，他们大吃一惊。从打碎的门板他们清楚地知道这里曾经发生过什么事情。南卡蹲下身子察看起了地上的脚印。没错，就是那只大灰熊！你瞧，后脚趾的伤痕、前脚掌的圆形伤痕、断了的门牙咬痕，这些都是他的痕迹呢！南卡感到无比可惜："真是遗憾，他已经进了圈套了，却又溜掉了。这家伙真够聪明的！下次我们可要想出更好的计策。"

南卡和老罗修好门，重新布下圈套，诱饵仍然是蜂蜜。

果然，杰克又来了，而且又中了圈套。可是，和上次一样，他再次把门板拆得乱七八糟，然后逃之夭夭了。

南卡和老罗一筹莫展，这可怎么办才好呢？

如此看来，这只大熊已经掌握了逃跑的窍门。怎么办呢？他们尝试着把活动的门涂上厚厚的油，密封不透光，这样，熊就应该找不到出口了吧！

南卡和老罗为想出这样的计策感到很得意，便放心地回去了。

几天后，两人再次来到放木箱的地方，这次，木箱入口的吊门已经掉下来了，可奇怪的是四周并没有被破坏的痕迹。难道大熊已经被关在里面，出不来了？

两个人上前听了听动静，里面静悄悄的，没有一点声响。用棍子敲打着圆木，还是没听到什么动静。他们便在木箱周围转着观察了一下，竟然发现门板下面的泥土有被翻过的痕迹。原来，这次杰克是将前爪伸到吊门下面，举起门走出来的。

南卡苦思冥想，花了很大力气在吊门下挖了一条水沟。

奇怪的是，从那以后，灰熊却再也没有来到这个地方。

转眼间，冬天来了，动物们开始冬眠了，熊也不例外。

灵犀一点

办法总比困难多。虽然杰克用自己的聪明才智一次次成功逃脱，但是，危险无处不在，圈套防不胜防，最好的办法就是注意安全，远离危险。

第十四章　替妻子报仇

春暖花开的日子，杰克与妻子快乐地相伴而行，遗憾的是，妻子却被牧羊人费恩一枪射死。杰克伤心欲绝，他四处寻找合适的机会，最终打败费恩，为妻子报仇雪恨。

时间过得飞快，转眼间，气温逐渐回升，春暖花开了。熊和其他动物都结束了冬眠的日子，开始出来活动了。

南卡和老罗认为，因为山谷里还有积雪，正是跟随脚印追踪灰熊的大好时机。他们重整旗鼓，带着做诱饵的蜂蜜和捕猎工具向山谷出发了。

去年捕熊用过的几个木箱经过一个漫长的冬天，人的味道已经完全消失了。他们在木箱里挂上了诱饵，当然是香甜的蜂蜜。他们一连抓住了好几只熊，遗憾的是，没有他们要捕捉的那只大灰熊。

南卡和老罗便开始仔细观察雪地上的脚印。没想到，竟然真的找到了那只灰熊的脚印。只是，灰熊不再形单影只，总有一些较小的脚印跟随在他的身边。他们很快明白了：灰熊娶媳妇了，那稍小一点的脚印就是母熊留下的。

两人跟随着一大一小的脚印继续追踪了下去。几天后，南卡和老罗不经意间看到了那只灰熊和母熊。灰熊又长高了许多，像一堵墙一样，甚至真有点像佩德所说的那么巨大了。与此形成对比的是，母熊身材娇小，但皮毛光滑，非常漂亮。南卡和老罗第一次看到如此漂亮的母熊，感到十分震惊。

奇特的是，牧羊人费恩却在另一个地方也看到了这对熊夫妻。当时，费恩正在牧羊，远远地看到一雌一雄两只

熊走过来。费恩立刻端起枪，朝着他们瞄准射击。只听见"砰"的一声，费恩射中了母熊，子弹打碎了她的脊梁骨，母熊不幸倒地身亡。

看到妻子倒下，杰克一下子被激怒了！他在附近疯狂地奔跑，嗅着风的气味以判断敌人的方向和位置。这时，费恩又开了第二枪，子弹并没有打中杰克。与此同时，杰克看见了从枪里冒出的烟，他沿着烟的方向迅速奔跑而来。费恩看到灰熊向自己冲过来，急忙爬上了附近的树。

费恩爬上了高高的树，杰克够不到，望尘莫及的他牵挂母熊的生死，又重新回到了她的身边。树上的费恩没有停止攻击，又朝着杰克的后背开了一枪。这次，子弹打中了杰克的后腿，他吼叫着，跳了起来，想向费恩报仇雪恨。可是，由于自己受了伤，杰克已没有能力跑得更远。

杰克拖着伤腿重新回到了母熊身边，母熊只是一动不动地躺在地上。杰克不明白这是怎么回事，跟自己朝夕相处的妻子本来好好的，怎么突然之间就一动不动了呢？他长时间守护着妻子，妻子依旧一动不动地躺在地上，她真的已经死了。杰克悲伤地黯然离开。从此，他再也没有去过妻子悲惨倒下的地方。

杰克拖着伤腿继续前进，这时，他又嗅到了敌人的气味，他循着气味追踪过去，想替妻子报仇。可走到那里后却找不到刚才射击的那个人。费恩早已骑上马逃走了。

晚上，杰克看到前方有一间小房子，小房子散发着人的气味，但不同于杀死妻子的那个人的气味，便走了过去。费恩的父母住在里面，当他们看到跟小山一样的灰熊走进自己家的时候，吓得赶紧从后门跑了出来。情急之下，年迈的老两口竟然相互搀扶着爬上了树，他们哆哆嗦嗦，浑身不住地颤抖。

杰克走进小屋，发现里面没人，便来到了他们的猪圈，咬死了一头最大的猪。猪肉的味道相当不错。此后，杰克便经常来到费恩父母家的猪圈。这些猪营养丰富，杰克的伤迅速痊愈了。费恩父母正在用另一种独特的方式替儿子偿还债务。

费恩的父亲老费恩整天琢磨着如何把损失减到最小，最后他发现唯一的办法就是把灰熊打死！于是，他发明了一个装置，把枪绑在树上，只要灰熊来了，踩到机关上，枪里的子弹就会自动射出。

一天晚上，老费恩还真的听到了枪响，但是子弹并没有打中杰克，而是从他脑袋上方飞出去了。原来，老费恩把枪放置得过高，杰克没有受到一点伤害。不过，杰克还是吓了一跳，从此提高了警惕。

一天，杰克又走到一户人家的院落里，一股甜甜的香味吸引了他，他继续往前走，最终找到了一个小木桶。木桶里面装着砂糖，但是桶很深，杰克只好把头伸了进去，舔底下的糖。当他尽情地吃完以后，头却怎么也拔不出来了。杰克非常生气地叫起来，声音被憋在木桶里，在耳边回荡。他更生气了，开始横冲直撞起来，并使劲敲打木桶。因为声响太大了，引起了人们的注意，男主人向杰克开了一枪，但没有打中，情急之下杰克一下子就把木桶给敲碎了。他的脑袋终于从木桶里解脱了出来。

由于最近不断地受到枪声的惊吓，杰克便很少接近人类的房子了，他的活动范围仅限于森林和平原。

一天，杰克正在找东西吃，忽然间，他愣住了，全身毛发竖立——因为他嗅到了一种奇怪的气味，杀死妻子的那个人的气味！杰克立刻起身，迅速追了过去。

几只大雁从头顶上飞过，他一点都没有去理睬。实际上，猎人费恩此时正在那边集中精力瞄准天上的大雁呢！

杀妻仇人就在眼前！那人的气味越来越浓烈了，杰克开始全速奔跑，树丛在他的身后越来越迅速地晃动起来。他径直穿过树丛，向费恩扑了过去，并一拳将他打倒在地，费恩身后的树也倒在了地上！

杰克的力气太大了！他终于报了杀妻之仇！

灵犀一点

　　动物是人类的朋友，人与动物应相互尊重、和睦相处。只有这样，才能保持大自然的生态平衡，使人类社会持续稳定地和谐发展。

第十五章 熊王的传说

在塔克拉山周围的牧民中流传着各种各样关于熊的神秘传说。猎人南卡和老罗经过仔细分析，郑重地宣布：这些传说中千奇百怪的大熊，其实就是一只大灰熊。人们称之为"熊王"。

近几年，牛肉似乎成了塔克拉山里灰熊特别喜欢吃的食物。人们原认为灰熊只喜欢吃草莓和树根，只要不去招惹他们，就不会有什么危险。可是现在，他们开始吃牛肉了。

在塔克拉山附近，几乎所有的牧场都不断传来牛被灰熊咬死的消息。灰熊不断袭击附近的牧场，力大惊人且非常狡猾。

牧场老板为了减少经济损失，开出巨额奖金，悬赏抓捕熊的人。遗憾的是，无论他们出多高的价钱，都没人能够捕获到灰熊，被吃掉的牛不但没有减少，反而越来越多，牧场主们怨声载道。

当地四处流传着灰熊的传奇故事，人们根据他们的特征给他们起了各种各样可怕的名字。种种有关大灰熊的神秘传说像长了翅膀一样，不胫而走。

有人说，费萨河畔的灰熊跑得最快，只要看准了牛，会从几十米的地方一口气冲过来，直接扑向牛群。那些可怜的牛啊，连转身逃跑的机会都没有，就命丧黄泉了。

有人说，他们谁也没见过贝格托拉克灰熊，因为他一般都是在晚上活动。据说，这只熊不仅喜欢吃牛，还喜欢吃猪，甚至还会攻击人。

还有人说，有一只叫布林的熊，生活在莫克拉姆地区，专门捕杀最为稀有昂贵的牛羊。还有一只被称为熊王的熊，极为凶猛，捕杀动物时行动快如闪电，可谓是天下无敌。

所有的传说中，每一只大熊都十分狂暴、可怕，而最可怕的还是佩德提到的大怪熊。

一天晚上，佩德来到了南卡的小屋，倾诉苦恼："从前那只大熊还在老地方，跟大树一样高了，人们都管他叫'熊王'。他是所有的熊里最强壮、最魁梧的，有着与众不同的智慧。就是他杀死了我的一千多只羊。他并不是因为饥饿才杀死羊，有时候，他追赶羊群或牛群就是觉得好玩、有趣。南卡，你说过要帮我杀死那只大熊的。你什么时候行动呢？赶快想个办法吧，否则，我的损失会越来越惨重！"

听了佩德的话，再加上悬赏的高额奖金的诱惑，南卡和老罗又开始动心了。两人又一次来到了内华达山。

实际上，此前，也有几个猎人到过这里，他们并没有捕捉到人们传说中的熊王。南卡和老罗仔细察看了熊的脚印，以及熊在树上蹭身体的痕迹，又去调查了大熊杀死牛的方法，最后，他们得出了一个出乎所有人意料的结论。

南卡信心百倍地对大家说："你们知道吗？传说中费萨河畔奔跑速度飞快的大熊、吃猪且袭击人的贝格托拉克灰熊、布林熊，以及无所不能的熊王，其实，他们都是一只熊，这些都是一只大灰熊的所作所为！"

南卡和老罗的调查一点没错。猎人们听后大吃一惊。从此以后，人们不约而同地把这只威力无比的大灰熊叫作"熊王"了！

灵犀一点

　　"熊王"之所以被冠以此名，是因为其本领高强、无所不能。芸芸众生中，平凡者居多，无论人还是动物，唯有努力，达到出类拔萃，才能脱颖而出。

第十六章　失败的追捕

南卡和老罗看到报纸上悬赏捕获熊王的消息，更加兴致勃勃。他们得到熊王的行踪后，便快马加鞭地抵达了贝尔达秀牧场，并召集当地猎人开始追捕熊王。

追捕熊王，对南卡和老罗来说是件让他们兴致勃勃的事情。他们马上开始行动了！

正在此时，一位富翁在报纸上刊登了一则广告：能够生擒熊王的人，将得到现有赏金的十倍！消息一经发布，大家沸腾了！南卡和老罗的兴致也更加高涨了。南卡把以前的合作伙伴们都找来，一起商量着生擒熊王的办法。这时，有人报告说，熊王在遥远的贝尔达秀牧场现身了，当晚就弄死了三头牛。

听说熊王在那里出现了，南卡和老罗顾不上是白天还是黑夜，也不管距离远近，骑上马飞奔而去。跑了一夜，马气喘吁吁地累倒了，两人又当机立断地换了一匹新马，继续赶路。

抵达贝尔达秀牧场后，他们顾不上旅途劳顿，立刻让人带路，赶到了熊王出现的地方。从现场的地面上，南卡和老罗找到了很多带有伤痕的脚印。没错，就是他，就是那只灰熊留下的脚印！可是，脚印进入树丛之后就再也找不到了。其他地方也没有发现任何痕迹。这也足够证明熊王仍在树丛的某个地方。不过，要穿越过这片茂密的树丛并不是件容易的事。

南卡让老罗在外面观察动静，自己骑马去召集伙伴。接到通知后，男人们都带着枪赶来了。南卡对大家说：

"诸位同人，熊王就在那片树林里。天黑之前，他是不会出来的，因此，我们需要等到晚上。另外，不要开枪打死他，如果活捉他，我们得到的奖金就会多出十倍！所以，大家都别带枪了，只带套索就行了。"

有的人持不同意见，商量道："我们带着枪但不用，可以吧？"

"不行！假如带了枪，看到熊就会下意识开枪的，所以，谁都不要带枪！"南卡果断地命令道。

最终，还是有三个人偷偷带了枪。

七个胆大的男人骑着七匹马来到了熊王藏身的树丛中。

离天黑还早，猎人们有些不耐烦了，开始大声喧哗议论，有人甚至还不断地向树丛中扔石头以引出熊王。树丛中显得十分安静，熊王根本没有理他们。

中午，起风了，人们便把树丛的好几个地方都点着了，风卷起火焰和烟雾冲向树林。树丛开始噼里啪啦地燃烧。刹那间，树木燃烧的声音和树枝折断的声音一起响了起来。

时间不久，树丛的对面跳出了一只巨大的熊。没错，来者正是熊王杰克！

杰克对骑在马上的人们不屑一顾，转过身子，不慌不忙地朝山上走去。骑马的胆大的猎人纷纷将用生皮做成的圈套投向杰克，但是，他们胯下的马却害怕了，后腿直立起来，根本不听使唤。

很快，三个胆大的骑士向熊王追了过来，并挥舞着套索朝熊王的头顶扔去。

此时熊王还没有生气动怒，他只是不明白从哪里来了这么多人马。他站起来俯视着跑过来的人马。

看到杰克，南卡情不自禁地喊道："天哪，佩德的话一点都不假，他真有一棵大树那么高啊！"

随后，三个百发百中的高手拿出套索，"嗖——嗖——嗖——"，一起向熊王的头顶上扔去。他们的套索准确地缠在了熊王杰克的脖子上，但杰克根本没费什么劲儿，很快就用灵巧的前肢解下了三根套索。三个高手还在拼命地拉扯，惯性使他们跌了出去。熊王并没有跟他们计较，仍然慢慢地向着山冈上走去。

"喂，快挡住他！"看到熊王要离开，人们着急地喊道。

很快，一个男人骑着马跑了过来，从后面瞄准了熊王的左腿，干脆利落地扔出了套索。熊王发现自己的左腿被套索拉住了，低下头，很快把套索咬断了，继续前行。这时，另外一根套索又套住了熊王的右腿，并被两匹力量很

大的马拉住，熊王差点被拉倒。

此刻，熊王真的被惹恼了，他猛然回转过身来，凶狠地瞪着眼前的这些人和马。

灵犀一点

敌我双方的博弈，比的是智力，赛的是能力，博的是毅力，谁能更高一筹，谁就是胜者和赢家。

第十七章　猎捕的代价

在人和熊的博弈厮杀中，一个猎人战死，一个猎人受了重伤，五匹马倒地而亡。猎人们为捕捉熊王付出了惨重的代价。熊王是骄傲的胜者。

面对猎人们的四处追捕，熊王已经逃离燃烧的树林，对未失火的树林也全面做好了防御工作，时刻准备着眼前的猎人们采取进一步行动。人们策马加鞭，继续向熊王逼近。快要接近时，熊王却猛地向人马反扑了过来。熊王真的发怒了，跺脚的声音无比巨大，好像地震一样，地面上扬起阵阵灰尘。三个骑马的男人撞成了一团，熊王再次愤怒地向他们扑去。刹那间，三匹马纷纷倒下。

熊王并没有停止战斗的意思，仍在沙尘中挥舞着前爪，打得对手人仰马翻。马的哀鸣和人的惨叫声交织在了一起。实际上，有的人和马扑倒在地，已根本发不出任何声音。后面的人想上前救助自己的同伴，可是，怒从心生的熊王正横冲直撞，他们没有机会靠近。再看眼前，熊王可谓战绩显赫：三匹马全部倒地而亡，一人惨死，一人重伤，一人逃跑。

紧接着，熊王便向山冈上跑去。此时，有人在他的身后开了枪："砰！砰！砰！"

南卡着急地大喊："别开枪！从后面追上他，消耗他的体力，到那时，我们就可以活捉他啦！"大家依然我行我素，已没人肯再听他的命令了。

一位猎人甚至恼怒地说："你还不让我们开枪！难道你没看见地上的两个人吗？死的死，伤的伤，我们如果再不开枪，早晚会像他俩一样惨烈！"

任凭南卡大喊大叫，猎人们还是不管不顾，他们拼命地开枪，直到打光了所有的子弹。

熊王受了惊吓，简直是怒火冲天，火冒三丈！

这时，南卡再次大声地鼓励着同伴："我们一定能够活捉他，现在开始扔套索！"说时迟，那时快，南卡第一个扔出了套索，套在了熊王的前腿上。紧接着，又有两根套索飞过来，套到了熊王的脖子上。如果再有两根套索套在熊王的后腿上，他就会被捆住了。然而事情并不像他们

想象的那么简单，杰克举起另外一只前爪，很轻松地把前爪上的套索解掉了。套在脖子上的两根套索却没法挣脱，每根绳子的一端都有一匹马和一个人在拼命拉拽。看来，他们想活活勒死熊王。

周围的人兴奋地喊叫，绕着熊王跑圈子，并等待着下一次出手的机会。眼看熊王就要被勒得喘不上气来了！只见他把两只爪和肩部都压在地上，随后，身子往后一退，猛然发力，拼命地拽住那两根绳子，三下五除二就把绳索两端的两匹马和上面的人都拉向了自己。由于马也在用力，所以马蹄印深深地刻在了地面上。

用绳子拉住熊王脖子的两个人，相互向对方靠近，期望合力会更大一些。就在两人和熊王拔河的过程中，熊王忽然箭一般的向他们冲去。

两匹马的肚皮被无情地撕裂了。马上的两个猎人害怕极了，见势不妙，松开套索，拔腿就跑。熊王沉重地呼吸了片刻，拖着脖子上的套索，飞快地越过山冈跑进森林里去了。

险些战死的猎人沮丧地回来了，脸上布满了哀伤。他们决定放弃这次捕熊行动，临走时，还纷纷向南卡抱怨："哼！就是因为你说不让带枪才弄成这样！否则，我们才不会败得这么惨呢！"

那天晚上，只有南卡和老罗在远离牧场的山上搭了帐篷。

"事到如今，你是怎么打算的?"老罗小心翼翼地问南卡。

篝火映照着南卡忧郁的脸，他已沉思良久。"太了不起了！这熊可真不得了！简直不可思议！他是我所见过的熊里身材最强壮的，他站起来就像一座小山。他打死那些马就像轻松地打死一只苍蝇一样。以前，我一直把他当敌人，想捕杀他，可现在，我改变主意了，我开始喜欢他了。老罗，我一定要活捉他，哪怕用上我一辈子的时间！"南卡两眼放光，无比坚定地说。

灵犀一点

　　战争是残酷的，只会两败俱伤，造成不必要的流血和牺牲。停止对动物的捕杀，维护和平，世界才会更加美好。

第十八章　熊王与蜂蜜

南卡和老罗痛定思痛，又谋划出了新圈套，用蜂蜜做诱饵，并添加了大量的安眠药，引诱贪恋蜂蜜的熊王落入圈套，并成功地捕获了他。

捕杀熊王的行动失败了，这次行动的代价真是太大了，不但没有捉到熊王，还牺牲了一个人和五匹马的生命，真可谓损失惨重。从此以后，除了报社，绝大多数牧场主都不由自主地认定，杀死大灰熊根本就不可能，纷纷撤回了高昂的赏金。

报社负责人听说了这次人熊大战之后，给南卡写了一封信："希望你能捕猎到那只熊。"虽然只有短短的一行字，但是，对南卡而言，意义非同小可，这更加坚定了他捕熊的决心。

接到信的那一刻，老罗也在南卡身边，于是，两人决定再继续一起干。之前使用过的铁圈套、大木箱、套索、猎狗肯定统统都不行了，他们合谋使用先进的新办法来捕获熊王：先用三个月的时间跟踪熊王，弄清他常去的地方，然后，寻找时机下手。这就是南卡的主意，两人一拍即合！

南卡和老罗每天一起外出，追踪熊王的足迹。原计划需要三个月，实际上，他们却用了足足六个月的时间。在这期间，他们不断得到牛、羊被熊王杀死的坏消息。

南卡和老罗在熊王经过的路上都设置了圈套。鉴于以前有过失败的惨痛教训，他们的新圈套不断改进：圆木用铁螺丝牢牢固定，一端还做了个镶嵌铁栏杆的小窗。门做得非常结实：他们把两层圆木板叠在一起，中间加上了防水纸，以防阳光射入，然后贴上铁板，门变得更加牢固。同时，门下面还挖了水沟，以防止熊把门举起来。活动门的两侧还设置了门轨，这样活动门能够顺畅地滑动。一旦活动门落下，就会直接陷入门轨，任凭里面的动物再怎么用力，都无法推开。

这一次，他们没有在木头上抹泥土，也没有用腐败的肉做诱饵，而是让圈套任由风吹雨打，从而除去人的气息。然后，他们将圈套的门挂住，里面则挂好诱饵。这样，熊就可以自由出入了。

熊王几次出入圆木圈套去吃诱饵，都没有遇到什么危险，便渐渐放松了警惕。

最后的胜利就要到来了！

就在熊王对圈套已经失去警惕的时候，南卡和老罗找来了熊王无法拒绝的食物——蜂蜜来做诱饵，并在蜂蜜里放进了大量的安眠药。这样，一旦熊王进了圈套，吃了蜂蜜，就只能乖乖地束手就擒了。

这天晚上，熊王的伤口已经完全愈合了。他离开了家，开始到处转悠，四处觅食。他那敏感的鼻子又开始捕捉各种气息了。这是羊的气味，那是牛的气味。闻到这些气味，他感到非常满足。忽然，空气中飘来了一股甜甜、香香的气息。他抽了抽鼻子，那确实是一种令他感到兴奋的气息，于是，他改变了方向，朝着有蜂蜜气味的地方走去。

他看到了一个圆木洞，蜂蜜的气味就是从那里面散发出来的。他贪婪地舔着蜂蜜袋，紧紧地咬住，并用力一拉。"扑通"一声，后面的门突然落了下来。杰克很不在乎，因为以前也发生过这样的事，他知道打开门的方法，便大胆放心地咬住口袋，吮着里面的蜂蜜。起初，他贪婪地舔着蜂蜜，速度很快，可是，过了一会儿他的动作迟缓了下来，慢慢地，他合上了双眼，躺下来安静地睡着了。

天刚蒙蒙亮，南卡和老罗便来这边查看情况。他们发现了熊王的脚印，感到相当紧张。经过仔细辨认，他们一致认为：熊王确实已经在里面了。由于担心熊王提前醒来，他们赶紧在他熟睡之际把他给绑了起来。随后，把起重机安装在树干上，将沉睡的熊王拖出了圈套。

一切按计划安置妥善，南卡和老罗又怕熊王吃了太多的安眠药而死掉，便又想办法把他给弄醒了。

熊王终于醒来了。这时，他才发现自己竟然已经被捆绑起来了。他十分恼火，顿时发出了骇人的吼叫声，并不停地横冲直撞。可是，这没有任何作用，他已被捆绑得严严实实了。南卡和老罗把熊王装在雪橇上，用六匹马拉到平地上。人们又使用大型起重机，将熊王、铁链、木头一同吊起，放在了货车上，然后用一块很大的防水布盖在熊王的身上。

熊王杰克被他们带到了另一个世界。

灵犀一点

　　贪婪是灾祸的根源。无论何时，贪婪的人总是要吃亏的。就像故事里的熊王，如果他不贪恋蜂蜜，就不会落入猎人的圈套，让自己陷入万劫不复的困境。

第十九章　失去了自由

胜者为王，败者为寇。失去自由的熊王被运送到城市，成为动物园里被人们观赏的动物。他尝试着用各种方式逃离，均无济于事，最终，他选择了绝食。

落入圈套的熊王被运送到一个大城市，关在了一个大笼子里。笼子四周是非常结实、粗壮的铁栏杆。这个大铁笼比关狮子的笼子还要结实好几倍。

熊王不喜欢这里，更不喜欢被关押，他热爱自由，喜欢浓郁的大森林，于是，便开始用力挣脱身上的绳子。绳子挣断了，围观看热闹的人和动物饲养员惊得一哄而散。南卡和老罗没有跑，仍然守候在那里。

熊王弄断绳子后，身体恢复了自由，便开始用力对付笼子的铁栏杆。铁栏杆在不断的激烈碰撞下开始变得弯曲，铁笼子眼看就要被弄坏了。人们不由得紧张起来，赶紧运来了一个装大象的笼子，以防熊王跑到外面闯祸。大笼子关住了熊王，他确实出不来了，这个笼子非常结实，连大象都无可奈何。围观的人们稍稍松了一口气。

新换的笼子直接就放在了地上，熊王在笼子里走来走去，他发现了一块露出土地的地方，于是，便开始在此拼命挖掘。不到一个小时，他就挖好了一个洞穴，然后把自己藏在了里面。人们慌忙向洞穴里灌水，将熊王赶了出来。这样，人们不得不又把他关进一个特意为他量身定做的更为结实的笼子里。熊王在新笼子里面绕了一圈，又开始了破坏行动。他用力把结实的铁棒扭歪，将埋住栏杆的根基撞击得松动起来。大家都知道，这些铁管是用大量五厘米粗、三米长的铁棒做成的，底下还铺了许多牢固的岩石呢！熊王爬上了铁架，恶狠狠地看着外面的人。人们赶紧拿来火炬，晃来晃去地吓唬他，终于让他安静了下来。

为了防止杰克继续搞破坏，动物园里的工作人员日夜不停地值班看守。同时，他们又将地面全部用混凝土加固，并将熊王转移到一个更坚固的笼子里。这个新笼子的顶部使用钢铁做成，地板的质地是岩石，比以前的不知要结实多少倍呢！

像以前一样，熊王先在笼子里走来走去，四处察看，看看是否有可以下手的地方，试试所有的铁棒是否能扭得动，察看一下每个角落和地板有没有裂缝可以利用。最后，他发现了一个木头门闩。这个木头门闩是整个笼子中唯一的一块木头，而且表面还包着铁皮，只露出了一点儿木头。

熊王发现了这根圆木后，一天到晚地用爪子抓。最后，圆木断成了两截。然后他继续用肩膀去撞击空心的铁管，但铁管并没有折断，他的努力都白费了。

最后，熊王终于明白自己是绝对不可能再出去了，他绝望极了！

接下来发生的事情令每一个人大为吃惊。只见这个跟小山一样的大家伙，这个被人们认为最坚强、最勇猛无比的熊王竟然趴在了地上，他把鼻子放在两只前掌中间大哭了起来。他哭得那么伤心，就像一个可怜的小孩子一样。

熊王杰克彻底失去了自由，他不住地掩面哭泣。饲养员送来食物，他连看都不看一眼。第二天，饲养员来到这里，发现熊王仍像前一天一样趴地上，已经不哭泣了，但仍在不时呻吟。那些食物仍然放在那里，他动都没动一下。

两天后，食物开始变质腐烂。到了第三天，熊王还是趴地板上，把大鼻子放在两腿中间，眼睛闭着，人们只有从他起伏的肚皮上才能看得出他还尚有呼吸存在。很显然，熊王用绝食的方式选择了死亡。

灵犀一点

　　人和动物最宝贵的财富是自由。人与动物生而平等，造物主赋予我们若干不可转让的权利，其中就包括生命权、自由权和追求幸福的权利。自由不能被剥夺。

第二十章　南卡的哭泣

南卡没想到，威武的熊王竟是曾经与自己朝夕相处的小熊杰克，他难过极了，流下了悔恨的泪水。

动物园里的饲养员一筹莫展，于是他们找来了南卡。南卡来到动物园，看到自己费尽心思捕捉到的熊王竟然在笼子里奄奄一息，不禁黯然神伤。他来到笼子旁边，伸手穿过铁栏杆去抚摸熊王。

熊王一动也不动，身体冷冰冰的。

南卡请求饲养员允许他走进笼子里去看一看熊王，却遭到了饲养员的拒绝："那怎么能行！那么大的家伙，毕竟还活着呢！"

南卡一再请求，最后，饲养员勉强答应了他，并叮嘱他一定要小心。

南卡来到了熊王身边，把手放到了他头上，熊王还是静静地躺着，一动不动。南卡一边摸着熊王一边自言自语。摸着摸着，南卡的手不自觉地碰到了他的耳朵。熊王的耳朵上竟然有个小洞！

南卡不禁大吃一惊：这是真的吗？怎么会这样呢？

很久以前，为了在小熊杰克身上弄个标志，南卡在杰克的耳朵上穿了两个洞。而且，另外一个耳朵上有一个豁口，那是被树枝拽掉耳环时留下的痕迹。

原来，熊王就是当年可爱的小熊杰克啊！南卡和小熊杰克重逢了！南卡顿时浑身颤抖，惊讶地与熊王说话："杰克，杰克，真的是你吗？我对不起你啊。杰克，要是我早知道你就是杰克，我怎么会让你受苦呢？原谅我，我的杰克！"可是不管怎样呼喊，杰克依然一动也不动。

南卡忽然想到了一个办法。他很快地回到自己居住的地方，换上了杰克熟悉的衣服，还带来了一大瓶杰克最喜欢吃的蜂蜜。然后，南卡对着杰克大声喊着："杰克，是我啊！快醒醒！这里有你最爱吃的蜂蜜呀！"

南卡把蜂蜜放在了杰克面前。可口的蜂蜜、亲切的衣服的气息、熟悉的声音……这一切，唤起了杰克内心深处的记忆，他微微地睁开了眼睛。

终于，杰克的生命被重新唤了回来。此时，南卡突然

放声痛哭起来，他哭得非常伤心，然后，默默地离开了装着杰克的大笼子。

此后，经过动物园里的饲养员精心的照顾，杰克慢慢地恢复了健康，又能走动了。可是，他还是向往着那在雄伟的山峰间自由行走的美好时光！如今，他只能生活在眼前的这个狭窄的笼子里了。

没事的时候，杰克的目光总会穿过笼子前面的人群注视着遥远的山峰。那里曾经是他的家。可是如今，他却再也回不去了！

灵犀一点

付出总会迎来回报，作恶总会得到报应。要尊重每一个生命，只有这样，我们才能够心安理得地享受生活。

麻雀兰迪

第一章　两只小麻雀

兰迪是一只从小跟金丝雀一起长大的麻雀，他会唱动听的歌，会用柳条筑巢，这些都是跟金丝雀学的。他在家中小院子里筑巢安家，还娶了比蒂做自己的新娘。

纽约第五大道旁边的一个水沟里，五六只小麻雀正纠缠成一团，吵闹个不停，他们为什么要叽叽喳喳地吵架呢？

此时，他们已飞离了水沟。仔细探究观看一下，我们不难发现里面的秘密。原来，小麻雀们的中间有一只漂亮的雌麻雀，几只雄麻雀在纷纷向她献殷勤示好，争风吃醋呢！本来，被同类追求是件高兴的事儿，但他们的追求方式有些粗鲁，甚至很不文明，结果，惹恼了雌麻雀，她生气地飞走了！她在拍打翅膀飞翔的时候露出了一片雪白的羽毛。一般来说，麻雀的羽毛都是一种颜色，像这只雌麻雀有这样一片白翎很是少见。那白色的羽毛是一个耀眼的亮点。

那群雄麻雀已转移阵地，又飞到了一座建筑物上。他们如痴如醉地看着飞翔的雌麻雀，都被她迷住了。

孩子们在院子里钉了一根木桩，在上面放了一只巢箱，盼着能有麻雀来筑巢。

有一天，终于飞来一只麻雀，他把巢箱里里外外仔细查看了个遍，一副很满意的样子，于是，他便准备筑巢了。大家知道，麻雀筑巢都是成双成对的，不知为何，这只麻雀却形单影只。人们有点困惑，但是，更加令人不解的还在后面呢！比如说，他只选择一些小枝条筑巢，更奇怪的是，他竟然还能像金丝雀那样唱歌，而且唱得有板有眼。

原来，这只麻雀有着与众不同的成长经历，他从小和金丝雀一起长大，后来飞了出来。他原来的主人是一位理发师，很喜欢养鸟，当时他养了几只金丝雀。有一年，他把一个麻雀蛋放到了金丝雀的窝里，不久，一只小麻雀在这里出生了，金丝雀把他当成自己的孩子，精心呵护。金丝雀喜欢唱歌，时间一长，小麻雀也学会了唱歌。由于金丝雀的巢是用细柳枝筑成的，小麻雀也养成了用柳枝筑巢的习惯。

小麻雀非常可爱，每一位前来理发的客人都非常喜欢他。有时他也很调皮，只要金丝雀张口唱歌，他就不高兴，气急败坏地打断，然后，自己起劲儿地唱起来。他好胜心极强，从不甘心示弱，总想跟金丝雀一比高下。每次唱歌他都最卖力、最投入。

外面的世界很广阔、更精彩，是鸟儿们永远的天地。鸟笼注定不是他们的唯一栖身处。

机会终于来了！一天，放鸟笼的隔板损坏了，鸟笼掉到了地上，小麻雀和金丝雀便趁机飞了出来。遗憾的是，性格温顺的金丝雀没有逃掉，被主人又抓了回去，而这只麻雀却幸运地逃了出去，从此过上了自由自在的生活。

在我家院子里筑巢的鸟，就是这只名叫兰迪的麻雀。他用了整整一个星期才把巢筑好。由于他只见过金丝雀的巢，只知道它们的巢是用细枝筑成的，于是，兰迪也就"照葫芦画瓢"了。不久，兰迪和一只雌麻雀一起回到巢中，想必，这只雌麻雀就是他的新娘了。奇怪的是，这个新娘子怎么有点眼熟呢？仔细一看，啊，她的翅膀底下竟长着一片雪白的羽毛！原来，她就是那只在第五大道的水沟里跟那几只雄麻雀大吵大叫的雌麻雀啊！我也给她起个好听的名字：比蒂。

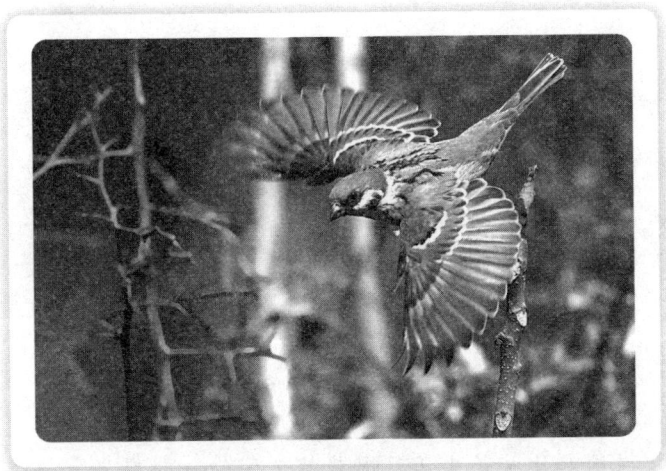

　　我猜想，兰迪一定时常一展歌喉，为比蒂唱动听的歌曲。比蒂一定是被兰迪美妙的歌声感动了，所以才会放弃许多追求者，心甘情愿地嫁给了他。

灵犀一点

　　近朱者赤，近墨者黑。与什么样的朋友在一起一定程度上决定了我们生命的高度。就像麻雀兰迪和金丝雀在一起长大也学会了唱歌一样。谨慎择友，广交良友，我们将会受益终生。

第二章 安家的分歧

　　兰迪和比蒂是生活习惯截然不同的一对麻雀，一个喜欢用小树枝筑巢，一个喜爱用柔软的羽毛筑巢。为了安置新家，两只麻雀没少闹意见，最终还是在相互妥协中把家妥善安置了。

　　兰迪欢天喜地地把新娘娶回家，未料到，不一会儿，比蒂就飞出来了。兰迪急坏了，他担心比蒂真的飞走，不再理会他了，便追了出来，不停地呼唤。看到兰迪那副可怜的模样，比蒂似乎心软了，又跟他回到了巢里。

　　可是，比蒂又一次飞了出来，看样子，这次她真的生气了，兰迪依旧耐着性子，一个劲儿地赔不是，说好话："夫人，请消消气，好不好？生气会损害身体的，还是请进来吧！"听到兰迪这么一番劝慰，比蒂再一次飞进了巢里。不一会儿，她从巢里衔出一根根小树枝，扔在地上，气呼呼地展翅飞走了，不知道飞向了什么地方。

兰迪随后也飞出了巢，表情沮丧极了。他想不明白，为什么自己花心思费力筑好的巢却令比蒂不满意呢？这鸟巢是兰迪的骄傲啊！他无法接受如此巨大的打击，无精打采地站在巢穴入口处，一副心灰意冷的模样。

沉默了很久，兰迪不死心地又开始大声呼唤，似乎在说："夫人，快点回来吧，我求你了，好不好？"可是，即便他反复地深情呼唤，仍旧不见新娘子比蒂的踪影。他知道比蒂是真的不会回来了，只好失望地回巢了。

不一会儿，兰迪从巢里叼出一根很大的树枝，扔到了地上。接着，他又来来回回进出好几次，终于把巢里面的小树枝都叼了出来。其中有一根是从联合广场叼过来的带杈的树枝。他不声不响地忙活了一个小时，把辛辛苦苦花了一周时间叼回的小树枝都扔了出去。

最后，他看了一眼空空如也的巢穴，又向树底下那一小堆枝条瞅了瞅，尖叫了一声扑棱扑棱飞走了。我猜想，那声尖叫多半是麻雀惯用的脏话、粗话。

第二天，兰迪又把比蒂请回了巢中。比蒂进去之后，马上又飞了出来。她瞪着地上那堆小树枝，又回到巢里，把剩下的小枝条统统扔在了地上。看着枝条纷纷飘落而

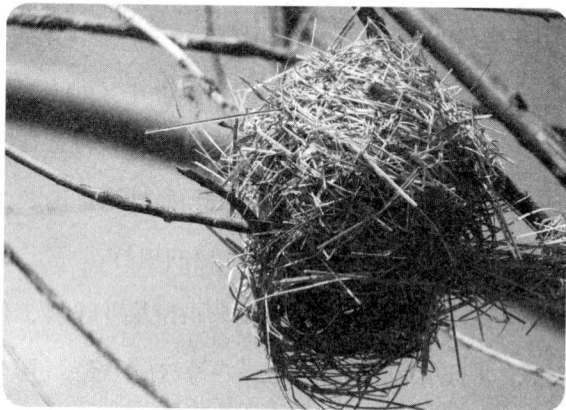

下，她似乎在很满意地欢呼："这下可好啦!"

随后，她便和兰迪一起飞走了。不一会儿，他们又飞回来了。比蒂的嘴里叼着干草，兰迪的嘴里则叼着麦秸。原来他们是想重新筑巢呢!他们把嘴里的东西一点点运进巢里，之后又飞出去搬运材料了。忙忙碌碌的两个飞行的身影很是和谐。

兰迪现在竟然变得特别听话，称得上是一个称职的丈夫。他担心比蒂劳累，便让她守候在家，自己单独往回搬运材料。如果兰迪不能及时回来，比蒂一定也会飞身外出去寻找。

我特地做了一个小的实验，把三十根五颜六色的缎带并排挂在窗户外面，看他们到底会选择哪一种。首先来叼的是兰迪，随后，比蒂也叼走一根。开始时，他们选择的都是暗色的，暗色叼完之后，比蒂开始叼明亮的缎带了。兰迪似乎只对像小棍儿一样的暗色缎带感兴趣。看来，他还是对小棍儿和小树枝情有独钟呢！

有一回，他试探着把一根小枝条放进巢里，忐忑不安地想：我只放一根，她应该不会生气吧！没想到，比蒂真生气了，她气呼呼地快速叼起那根小枝条往外面扔，还不断尖叫："你的胆子可真大，我说不行，就不行！"

比蒂很不理解，兰迪对于本应该知道的事却偏偏不知道。如果他连麻雀筑巢该用什么样的材料都不知道，那么其他大事岂不更一无所知，不知如何办了？

有一次，比蒂叼回了许多羽毛。兰迪一看，立马火冒三丈："这都是些什么东西？扑在巢里能有何用处？"趁比蒂不在家，他一根根地叼起羽毛往外扔。就在这时，比蒂又叼着新羽毛回来了，她看到那些珍贵的羽毛飘飘洒洒地往下落，二话没说，赶紧去叼，直到把羽毛都叼在了嘴里才往巢里飞。此时，兰迪还在往外扔，他们就在巢门口相遇了。

见到兰迪，比蒂怒气更盛了，她大声叫喊："你到底想干什么？"兰迪一听，也生气地叫喊："你看看你，弄的都是些什么破玩意儿！我们还能住吗？"

他俩谁看谁都不顺眼，嗓门越来越高，脾气越来越大，战火直线升级，羽毛飞落得到处都是。比蒂想把羽毛放进去，兰迪就是不让放。他们越吵越凶，最终，还是兰迪妥协让步了，他顺从了比蒂的意思。看来，在脾气暴躁的比蒂面前，兰迪是个好丈夫。

第二天，他俩一起把外面飞散的羽毛叼回巢里，这场"战争"就此结束了。

习惯成自然的兰迪想趁比蒂不在家时在巢里放几根小树枝。说干就干！他四处看了看，又故意叫了两声，发现比蒂没有回音，他知道她不在近处，就开始行动了。他飞速叼起那根带杈的树枝，以迅雷不及掩耳之势飞回了巢里。坏了！这根树枝分成两杈，怎么都放不进去！费了好半天劲，兰迪终于把它弄了进去。为了不让比蒂发现，他用筑窝的材料把树枝盖得严严实实的。

大功告成，如愿以偿，兰迪长长地舒了口气。他飞到外面，悠闲地环顾了一下四周，然后整理整理羽毛，清了清嗓子，得意扬扬地唱起金丝雀之歌来。他劲头十足地唱完一首又一首，嗓门越提越高，甚至还尝试用新调子唱，幸福得简直像吃了蜜一样。

不一会儿，比蒂又叼着羽毛回来了，心情爽快的兰迪热情地把比蒂迎进家里，又帮她把羽毛铺好。至此，两人的新家算是建好了。

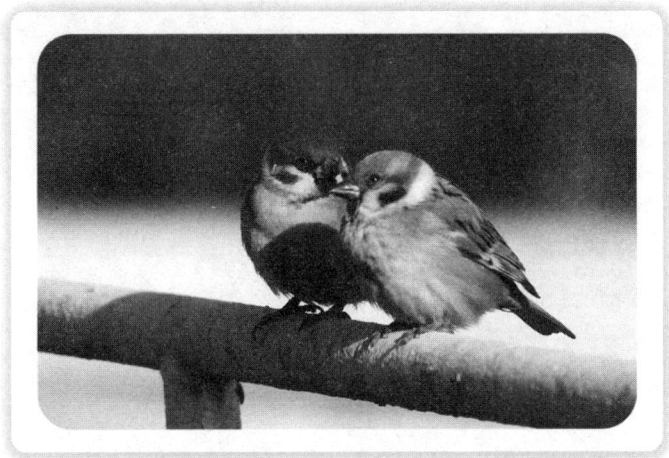

灵犀一点

　　每个人的生活环境和习惯是不同的，人与人之间要互相理解、宽以待人，在宽容中相互忍让，在友爱中相互妥协，只有这样才能与别人融洽相处，交到真正的朋友。

第三章　珍贵的鸟蛋

兰迪和比蒂时常会因意见分歧而争吵，我将玻璃球偷偷放置在了他们的鸟巢里，再次引发了他们的误解，他们把玻璃球和四枚珍贵的鸟蛋一起扔出了鸟巢。

兰迪和比蒂的新家安置妥善，我抽空去看了一次。他们的新家整洁有序，真是可喜可贺！

麻雀有一个习惯，当他发现有人偷窥他们的窝时，会声嘶力竭地大叫。兰迪和比蒂并不如此，当他们发现我在看他们的窝时，他们只是躲在一根烟筒后面，远远地盯着我。

第二天清晨，我听见巢里的两只麻雀叽叽喳喳地吵得厉害，感觉似有事情发生了，便走过去看个究竟。原来，比蒂发现了兰迪藏在羽毛下的小树枝。看见我来了，比蒂

本能地往后躲着，不一会儿，她叼着小树枝走了出来。看来，这次比蒂又十分生气，虽然那根小树枝是兰迪的宝贝，她却不管不顾，狠狠地把小树枝扔在了地上！

兰迪费尽心思藏起来的小树枝就这样被比蒂扔掉了！比蒂扔掉的不仅是一根小树枝，还有一枚珍贵的鸟蛋。鸟蛋掉到地上，摔得粉碎，兰迪和比蒂似乎并不十分伤心，他们很快又有了四枚新鸟蛋，并排躺在巢穴里。

一个好主意从我的脑中闪过，如果把一个类似鸟蛋的小石头放在他们的巢里，将会有什么样的结果呢？我计划做一个实验。

趁兰迪和比蒂不在巢中，我把一颗玻璃球偷偷地放了进去。我等待着即将发生的事情。

次日，我去第五大道，走到途中，发现许多人围在道边儿上，所有人都往水沟里瞅。我走过去，插空往里一看，原来是两只麻雀正在"激战"呢！他们彼此揪住，互不相让。不一会儿，他们闪开了，彼此用翅膀和尾巴支撑着疲惫的身体，一边喘着粗气，一边怒视着对方。我定睛一看，原来竟是我家小院里的兰迪和比蒂！

"战争"还在继续，他们休息片刻，又开战了。此时，一个围观的人"嘘"了一声，伸手去抓他们，没等手伸出去，兰迪和比蒂已迅速逃之夭夭了。他们把战场移到了附近的一个房顶上。这天下午，我在巢穴下发现了那颗玻璃球，我猜一定是被他俩扔出来的。除此之外，地上还有四枚摔碎的鸟蛋。可以想象，这颗玻璃球便是兰迪和比蒂打架的导火索。

令人意想不到的是，兰迪和比蒂彼此并不记仇，虽然吵架时很凶，甚至到了把四枚鸟蛋摔碎的地步，但他们很快就和好如初，开始过新的生活。在比蒂的建议下，他们打算另建新家。选择的新居地址在马吉逊广场正中央一个悬挂着的电灯罩里。

虽然一连几天在刮大风，但这并未影响他俩重建新家的进程。一个星期后，他们就把巢筑好了。灯罩总是摇摇晃晃，灯泡也总是发着亮光，他们却从未受影响。不幸的是，这个新家很快就被捣毁了，由于灯泡的灯丝断了，一位电工在换灯泡时随手把他们的巢和旧灯泡一起扔掉了。

灵犀一点

在与人交往中产生分歧、发生冲突都是不可避免的，遇到这种情况时应尽快冷静下来，多反思自己的不足和错误，争取早日寻找到能达成共识的解决途径。

第四章　维权的战斗

兰迪和比蒂第三次新搬迁的巢在广场公园的榆树杈上。邻居是一只称王称霸的"领带"麻雀，他大摇大摆地来巢中侵占彩带，却被比蒂勇敢地打败了。

麻雀有相当顽强的生存能力，他们虽然身躯娇小，性格却坚毅无比，敢于和困难做斗争。比蒂和兰迪见到自己的家被人毁了，索性把鸟巢重新安置到了马吉逊广场公园里的一棵榆树杈上。

另一对麻雀夫妇住在广场对面。据说，这对夫妇一直在这里称王称霸，招人厌烦。雄麻雀长得又肥又大，喉咙下方有一大块黑色的毛，看上去像是系了一条领带。膘肥体壮的"领带"麻雀，还娶了一只最漂亮的雌麻雀。他们把家安在广场附近最好的位置，所有筑巢用的材料也都是

最好的。

　　珍珠鸡的羽毛一直被麻雀当成筑巢的上等材料，所有麻雀都想用它筑巢。起初，不知哪只麻雀从特拉尔动物园弄来一些，现在却被"领带"麻雀霸占，据为己有。他的巢筑在新建银行的大理石柱子上，那是一座标准的豪华住宅。

　　在广场一带的范围里，"领带"麻雀就像黑社会老大，一手遮天，目中无人，看谁不顺眼，就会大打出手。为难欺负其他麻雀似乎是他的乐趣。一天，他听见兰迪正在唱金丝雀之歌，不管三七二十一就飞过去要与兰迪打架。

　　兰迪以前的脾气也很顽劣，当"领带"麻雀站在他面前挑衅时，他却甘拜下风了。"领带"麻雀见兰迪认输了，更加嚣张起来，大摇大摆地来到兰迪的巢里，东张西望地

巡视了一番，看中了彩带，便自作主张地想顺手牵羊。

兰迪被惹恼了，他要维护自己的合法权益。只见他鼓足勇气，向"领带"麻雀猛扑过去。

此时，其他麻雀也飞过来了，他们都是来帮"领带"麻雀对付兰迪的。兰迪势单力薄，很快就招架不住了。就在这时，一只小雌麻雀径直飞了过来，她拍打翅膀时露出了一片白色的羽毛。是比蒂！只见她顽强有力地勇往直前，毫不畏惧。那些欺负兰迪的麻雀见此情景，立刻落荒而逃。

飞扬跋扈的"领带"麻雀也没能幸免，比蒂把他尾巴上的羽毛给拔了下来。此时，兰迪的胆子也变大了，对"领带"麻雀拳打脚踢。"领带"麻雀不是他俩的对手，赶紧狼狈地逃跑了。比蒂紧追不放，她飞到了"领带"麻雀的巢里，把珍珠鸡的羽毛全都夺了过来，甚至还把"领

带"麻雀身上的羽毛也当成了筑巢的材料。

筑巢的最佳时间已过，很难再找到筑巢的好材料。比蒂却发现了一种能代替羽毛的好材料——马毛。她是在广场十字路停靠马车的地方发现的，马毛落了一地。

兰迪和比蒂飞过去把马毛收集起来，马毛太长，他们根本无法运走。于是，他们开动脑筋，把每根马毛都折成两三折，再往头上绕一圈儿，便可以顺利搬运了，每次可以运两三根。

比蒂起初不知道马毛可以用来筑巢，她是从广场上其他的麻雀那里看到、学来的。但是，把马毛缠在脑袋上十分危险，一旦把脖子缠住，就会有生命危险。兰迪和比蒂把马毛当麦秸用，鸟巢很快建好了。

灵犀一点

当我们个人的合法权益受到侵害时，不能做沉默的羔羊任人宰割，应该举起法律的武器，同坏人、坏事勇敢地做斗争。

第五章　奔向新生活

比蒂被马毛缠住头，窒息而亡。兰迪十分伤心，他傻傻地站立在道边时被自行车轧断了翅膀。一位好心的小姑娘为他疗伤。他会唱歌的事情被报道后又重新回到了理发师的家里，开始了新的生活。

比蒂告诉继续搬运马毛的兰迪马毛已足够了，他才停止搬运，回到巢中。我一直不知道比蒂是用什么办法通知他的。无所事事的兰迪喜欢停站在一个铜像头上，高歌一曲。他时常想尽善尽美地改个腔调，便清清嗓子，劲头十足地唱起来。兰迪正唱得不亦乐乎，突然，耳边听见比蒂的大声尖叫。他本能地向巢中望去：只见比蒂飞到了巢的附近，不知为何，比蒂越来越慢，几乎飞不动了。兰迪马上飞过去帮忙。见到比蒂时他大吃一惊，原来比蒂的头被马毛缠住了，马毛的另一端则牢牢地缠在巢穴上。

兰迪吓蒙了，边飞边叫，心急火燎，不停地围着比蒂转圈。虽然他们平时偶尔吵个小架，但其实彼此之间非常相爱，尤其在关键时刻，兰迪对比蒂更是疼爱有加。他绞尽脑汁地想帮比蒂摆脱马毛的纠缠，使劲拽着比蒂的脚往外拉。遗憾的是，不但没有拉出，比蒂的头反而被马毛缠得更紧了。终于，不幸的事情发生了，比蒂窒息而亡。

几天来，兰迪每当看到一动不动的比蒂就悲伤地流泪，他始终守护在比蒂的遗体旁。兰迪无法接受这个残酷的现实。

兰迪是被人饲养大的，对人和车都很熟悉，从不会提防。就在那天下午，兰迪正在路边站着，邮递员骑着自行车从他身边走过，他躲闪不及，被车轧住了尾巴。他慌忙想躲开，右边的翅膀却又被车轮轧住了。

兰迪失去了飞翔的能力，他拖着受伤的翅膀，一蹦一跳地走向树林。他的身体十分虚弱，想靠近大树遮挡住自己。就在这时，一个小姑娘牵着一只小狗走了过来，她看见受伤的兰迪，便爱惜地把他捧在手中。善良的她把兰迪带回家，放进笼子里，无微不至地关爱着他。

几天后，兰迪的伤痊愈了，他又唱起了歌，他的歌声跟金丝雀的歌声一模一样。小姑娘和她的家人对此十分吃

惊。很快，麻雀会唱歌的消息像长了翅膀一样传开了，兰迪成了人们议论的焦点，甚至还引来了记者。不久，兰迪的传奇故事见报了。

曾经饲养过兰迪的理发师看到后，非常渴望见到兰迪，便带着证人前去索要。他对小姑娘一家说："那只麻雀原来是由我饲养的，后来飞走了，我有人证物证呢！"他指着身边的人，接着说："这些人都见过他，都曾听他唱过歌曲。"

小姑娘听完理发师的解释，便把兰迪还给了他。兰迪重新回到曾经的家里。理发师又像以前一样把兰迪放进笼子里，他的生活又回到了从前。

和外面的风餐露宿不同，鸟笼里的生活富足而安稳。兰迪无须再去辛苦地觅食与奔波，他每天吃完饭后就开始

做自己最喜欢的事，那当然是唱歌了，生活得十分惬意。

兰迪筑巢的习惯依旧没有改变，他经常弄一些小棍筑巢。但是，如果被谁不小心看到他如此筑巢，他就会很害怕，立刻从巢边走开。如果有谁往他的笼子里放羽毛，他定会照单全收。他只允许羽毛在他的巢里过一夜，第二天一早，他就会把它们全都扔出去。细心的理发师发现兰迪在不停地筑巢，误认为他想找伴侣了，便把一只雌麻雀放进笼子里。兰迪却不领情，他不喜欢任何一只雌麻雀。为了表示自己的不满，他使劲地横冲直撞，雌麻雀吓得畏缩在鸟笼的小角落里，一言也不敢发。无奈之下，理发师只好把这只无辜的雌麻雀放飞了。

兰迪还是继续唱金丝雀之歌，有时，更像是在唱战歌。理发师若拿雄麻雀的标本刺激他一下，他一定会劲头十足地唱起来！

兰迪把所有的精力都投入到歌唱事业中，如果你站在理发店的旁边，一定会看到一个精力充沛的独行者忘记了寂寞、忧愁以及生命中的悲伤，正忘我地歌唱着。他就像很多修道士一样，历经了生活的酸甜苦辣，懂得了生活的艰辛之后，快乐地回归到自己的心灵，让余生在心灵的欢悦和艺术中愉悦地度过。

灵犀一点

人在遇到困难、遭遇挫折时，一定要学会勇敢地面对，学会坚强，超越自我，就像兰迪一样，坦然地重新开始崭新的生活。